Bettina Dyes

Mathias

und andere Erzählungen vom Leben

Das Buch

Einmal entweicht ein Leben unwiederbringlich. In einer anderen Erzählung ist es ein Sprung, der alles verändert. Eine einzige Nacht wandelt das Leben: einmal sofort, das andere Mal erst viele Jahre später, dafür umso drastischer. Wir alle kennen die Lebensdaten unserer Mütter, Väter, Großeltern, geprägt durch die beiden Weltkriege. Die Zurückgebliebenen erwähnen oft nur wenig mehr als die Daten, die bewegenden Geschichten dahinter werden selten hervorgeholt.

Auch eigene Erlebnisse und Beobachtungen der Autorin bildeten Samen, die beim Schreiben aufgingen.

Die Erzählungen kreisen um Momente im Leben, die alles verändern, tief im Inneren und auch tragisch im Äußeren. Wie erleben das die Menschen? Was machen sie daraus? Wohin führt sie das Geschehen?

Die Autorin

Bettina Dyes, geboren und aufgewachsen in Berlin, lebt heute zusammen mit ihrem Mann in einem kleinen Dorf in Nordrhein-Westfalen.

Schon als Kind hatte sie den Wunsch, Geschichten aufzuschreiben, kam aber nie über die erste Seite hinaus.

Seit der Jugend war es dann ihr Tagebuch, das sie mit ihren Erlebnissen und Gedanken füllte, auch im Wartebereich des Flughafens, wenn es nötig war. »Immer wenn mich etwas tief im Herzen bewegt, muss ich es aufschreiben«.

Eine Freundin wurde mit ihrer Arbeit als Journalistin dann zur Anregung, eigene Texte zu veröffentlichen. Es folgte gleich ein erster Erfolg mit der Publikation eines Artikels in einer Wochenzeitung. Innerhalb von zwei Jahren schrieb sie dann die vorliegenden Erzählungen auf.

Bettina Dyes

Mathias

und andere Erzählungen vom Leben

© 2020 Bettina Dyes
Herstellung und Verlag: BoD – Books on Demand, Norderstedt
ISBN: 9783750442009
© Umschlaggestaltung Bettina Dyes

*Bibliografische Information der Deutschen Nationalbibliothek: Die
Deutsche Nationalbibliothek verzeichnet diese Publikation in der Deutschen Nationalbibliografie; detaillierte bibliografische Daten sind im Internet über <u>dnb.dnb.de</u> abrufbar.*

Inhaltsverzeichnis

Das entwichene Leben

Sie ist so freundlich, für jeden hat sie ein strahlendes Lächeln, ein liebes Wort. Und sie ist immer auf den Beinen. Aufmerksam packt sie überall mit an, wo eine helfende Hand gebraucht wird und kümmert sich um andere, um die, die noch schlechter dran sind als sie.

Sie ist anders als die übrigen, die mit ihr hier wohnen, in diesem großen Haus, in dem alles so wohlüberlegt, funktional ist und so bemüht freundlich, hier in der vermutlich letzten Wohnstätte ihres Lebens.

Das ist nun das, was übrig ist von ihrem Leben, aber das ist der Frau vermutlich nicht bewusst. Dabei ist sie weit jünger als die meisten anderen hier. 76 Jahre war sie, als ihr Mann sie vor zwei Jahren hierher gebracht hatte. Über 50 Jahre, so lange sind sie schon miteinander verheiratet.

Kinder hatten nie einen Platz zwischen ihnen gefunden, nie in ihrem Bauch ihr Wachstum begonnen. Ihre Beziehung zueinander war für die beiden immer etwas Besonderes geblieben. Sie waren ein gutes Team. Und der Mann war auch dankbares Kind genug für die Frau. In ihrem Herzen war so viel Liebe gewesen, wenn sie alles tat, damit es ihrem »Günthchen« gut ging, wenn sie ihn im Alltag unterstützte mit ihrer unerschütterlichen Kraft und ihrem Optimismus. »Ist er nicht wieder fantastisch gefahren?«. Solche Begeisterungsstürme kamen ihr ganz natürlich über die Lippen, sie empfand das genauso. Die Bestätigung seiner Großartigkeit war Teil des besonderen Bands ihrer Beziehung.

Er war nicht so aufgewachsen, dafür hatte es in den Kriegsjahren keinen Raum und keine Person gegeben. Niemand wusste, was mit seinen Eltern geschehen war und er war 1945 zu klein gewesen, es zu erzählen. Und vielleicht hatte das Grauen auch sein Herz und seine Zunge verschlossen über das, was er seit seiner Geburt 1941 erlebt hatte.

Die Frau war ihm sofort ins Auge gefallen, damals in den noch zaghaft wilden Zeiten auf der Uni in den 60er Jahren. Klein und etwas füllig, keine langbeinige Schönheit wie manch andere, hätte man sie glatt übersehen können, wenn sie nicht mit ihrem strahlenden Optimismus sofort der Mittelpunkt einer jeden Unterhaltung gewesen wäre. Aber sie hatte schließlich ihn gewählt. Weil sie sich bald immer öfter geistreich über die Bücher, die sie beide lasen, austauschten? Weil er sie begleitete ins Museum oder zu all den kulturellen Veranstaltungen, die sie gerne besuchen wollte? Vielleicht aber auch, weil er so reizend hilflos war und sie ihn bemuttern konnte, er den perfekten Rahmen bildete für ihr Leben, in dem sie die Hauptrolle spielte und den ganzen Raum ausfüllte, den das Leben ihr bot.

Es war ein perfektes Leben wie sie beide fanden: sie hatten eine schöne, große Wohnung, ergänzt durch ein Ferienhäuschen im Allgäu. Die vielen Besuche von Theatervorstellungen, all die Reisen, die Treffen mit gleichfalls kulturell Interessierten füllten ihrer beider Leben bis zum Rand aus. Sie waren ein perfektes Team gewesen mit so viel Liebe füreinander, wie es ihren Vorstellungen entsprochen hatte.

Die Frau hatte den Mangel, den es in ihrem Herzen gab, nie gespürt, es hatte ja auch keinen Raum, keine Zeit gegeben, ihn zu spüren. Sie hatte dagegen angelacht und auch angetrunken, immer vergnügt und strahlend optimistisch. In ihren Augen gehörte der Wein dazu, gehörte zu ihrer Vorstellung eines schönen Lebens voller Genuss und Freude. Man konnte dann noch strahlender optimistisch sein, noch herzlicher lachen und alles erschien noch viel leichter. Wirklich schwer war es ja nie. Gegen das Komplizierte arbeitet man an und gönnt sich ein schönes Glas danach …

Eigentlich hätte sie es wissen können, dass dies nicht endlos weitergehen kann, dass man für alles bezahlen muss, wenn man sich etwas nimmt, in ihrem Fall die erzwungene Leichtigkeit. Den Blick auf das eigene Leid hatte es nicht geben sollen. Auch sie hatte davon zu viel selbst erlebt, als Kind. Der Vater vermisst, die Mutter auf der Flucht mit ihren beiden kleinen Töchtern. Und schließlich die langen Jahre mit der depressiven Mutter, die den Verlust des verschollenen Vaters nie hatte verwinden können.

Von nun an sollte es leicht sein, man tat, was man konnte dafür. Denn nun war ja alles besser: Deutschland Wirtschaftswunderland und die beiden mittendrin. Man schaute nicht zurück, man schaute strahlend optimistisch nach vorne und diskutierte höchstens die Missstände der Politik und die in den Werken der Literatur.

Es war ein so reiches Leben gewesen und es war noch reicher, später, als die Frau mit einer guten Rente noch mehr Zeit geistreich füllte in den Hörsälen der Universität. Es gab ja so viel Interessantes zu hören und das belegte jeden Raum ihrer gedanklichen Welt. Die Relikte der Kindheit blieben in den Kellerräumen des Herzens verborgen. Der Alkohol war der Schlüssel, der die Räume verschloss.

Wahrlich, sie hätte es wissen können, dass dies nicht ohne Wirkung bleiben konnte. All das einst an der Universität erworbene Wissen über den menschlichen Körper hätte sie darauf bringen können. Aber auch da mochte sie nicht hinschauen.

Es begann erst sehr langsam, scheinbar unmerklich. Dass sie immer mehr vergaß, fiel auch zuerst nur ihrem Mann auf. Auch die Schwester, in der weit entfernten Hauptstadt wohnend, registrierte mit Trauer, dass die Gespräche immer inhaltsärmer wurden. Und mittlerweile hatte schon ein Glas Wein fatale Folgen, was alle außer ihr bemerkten. Sie fühlte sich weiter großartig, alle anderen schauten mitunter peinlich berührt woanders hin, wenn die Frau mal wieder allzu laut und fröhlich ohne jegliche Kontrolle ihren Gefühlen und Worten freie Bahn ließ. Der Mann reagierte hilflos, was hätte er tun können? Gewiss, er mahnte, zog sie zur Seite, redete sacht auf sie ein – ohne Wirkung. Die Frau war nicht mehr erreichbar, ihre Vernunft war entwichen, schließlich ertrunken, kaum noch vorhanden in der grauen Masse ihres Gehirns.

Als er es schließlich bemerkte, wirklich in sein Bewusstsein ließ, war es schon zu spät, zu viel war verloren gegangen. Er versuchte zu retten, was zu retten war, übernahm immer mehr von dem, was sie früher für ihn getan hatte. Aber es war zu spät. Als er schließlich nun auch allzu häufig morgens feuchte Flecken auf der Matratze entdeckte und wiederum hilflos konfrontieren musste, dass ihr nun sogar die Kontrolle über ihren Körper entglitt, konnte er nicht mehr. Wo war es hin, das Leben voller Gemeinsamkeiten, wohin war sie entschwunden, diese agile Frau, wer war das neben ihm?

Sie konnte ihn auch nicht mehr länger begleiten zu den Freunden, er ließ sie daheim. Aber wie lange war das noch möglich? Auf einmal musste er Matratzen säubern, Dinge verschließen, Schlüssel verstecken. Manches Mal hatte die Frau in seiner Abwesenheit dann doch Geld gefunden und hatte sich ohne jegliche Einsicht das trinkbare Glück selbst besorgt.

Und wo war sein Leben hin, wo blieb die Zeit, für all die schönen Dinge, die ihn erfüllten, die geistvollen Gespräche, die Besuche im Theater, die Kunstwerke in den Museen. Mit der Frau konnte er das nicht länger teilen. Es wurde ihm zu mühsam, er hielt es nicht länger aus.

Ein Platz in einem Heim war rasch gefunden, auch wenn er ein gutes Stück ihrer Ersparnisse dafür gab und auch das Ferienhäuschen im Allgäu verkauft werden musste. Der Mann war fast zerbrochen an der neuen Situation in seinem Leben, da nahm er auch hin, dass er für die Frau nur ein halbes Zimmer bekommen hatte und sie es teilen musste mit einer anderen Bewohnerin.

Auch die Frau nahm es hin, sie folgte ihrem Mann widerstandslos, als er sie dorthin brachte. Sie hatte nie Böses bei ihm erlebt, was hatte sie also zu befürchten? Sie nahm es hin, aber verstehen konnte sie es nicht so recht, als der Mann sie dann verließ und sie zurückblieb in dem Zimmer mit der gebrechlichen Frau im anderen Bett, in diesem unbekannten Haus mit all den fremden Menschen. Sie lebte einfach weiter in der gleichen Art wie sie es immer getan hatte: nicht mehr ganz so strahlend, dafür aber weiter herzlich optimistisch und freundlich zu jedermann.

Die Sorge der Schwestern, das Wechseln der Windeln, all das nahm sie hin, dachte nicht darüber nach, oder wenn nur so lange, bis die Sorge darum in den kurzlebigen Fluten ihres Kopfes wieder versunken war. Sie verstand das alles nicht, aber sie lebte damit genauso positiv, wie sie immer dem Leben begegnet war.

Fröhlich begrüßte sie den Mann, wenn er sie täglich besuchte und sie drehte mit ihrem »Günthchen« Runde um Runde in dem kleinen Park mit den alten Bäumen, der neben dem Haus lag. Alle waren entzückt von dem reizenden Paar, dem liebevollen Umgang der beiden miteinander.

Ein neues Leben hatte für beide begonnen, und noch wussten sie nicht, was das zu bedeuten hatte, wohin es führen würde. Für den Mann wich nach einigen Monaten der Schreck über das Erlebte, er begann sein Leben und die Leere der Wohnung wieder zu füllen mit sich selbst und endlich wieder mit den Freunden, die er vermisst hatte in der schwierigen Zeit. Er lernte es, für sich selbst zu sorgen. Zu den Besuchen im Theater und Kunsthallen fand sich immer öfter eine charmante, weibliche Begleitung aus dem großen Freundeskreis.

Und er lernte noch viel mehr: war die Frau im bisherigen Leben seine »Außenministerin« gewesen, die die Türen zu anderen Menschen für ihn öffnete, musste er dies nun selbst übernehmen. Gewiss, die Freunde blieben, kaum neue Türen mussten geöffnet werden, die Räume waren bekannt. Aber er war gefordert, nun mutig allein die Räume zu betreten und seinen persönlichen Raum auch für andere zu öffnen. Das gelang ihm mit der Zeit immer besser und sein Leben wurde gefüllt mit neuen, nun eigenen Farben. Das war nicht nur für ihn selbst eine erstaunliche Wendung. Ein ganz neues Leben für den Mann, die von der Frau verlassene Stelle schmerzte nicht mehr so arg, sie wurde gefüllt.

Das gewesene Leben mit der Frau war keineswegs vergessen, aber es schien auf seltsame Weise woanders hin entschwunden.

Der Bereich, den sie in seinem Leben belegte, wurde immer kleiner. Er schaffte es bald nicht mehr, sie täglich zu besuchen. Sein Leben mit der Frau in den Wänden des Seniorenheims bildete nur noch einen umfassten Part in seinem Dasein. Nach jedem seiner Besuche ließ er diesen hinter sich zurück, wenn er ihre Heimstatt verließ, in sein Auto stieg und seinem neuen Leben einmal mehr entgegen fuhr.

Die Monate vergingen, jeder war eingerichtet in seinem neuen Leben und dachte nicht länger darüber nach. Die Frau lebte ja weiter, nicht mehr strahlend aber doch freundlich optimistisch in der geteilten Welt des Heimzimmers.

Wie es sich wirklich für sie anfühlte konnte niemand ergründen. Auch der Schwester der Frau war das nicht möglich. Die beiden konnten ja auch kaum miteinander telefonieren, weil es in dem Zimmer kein Telefon gab. Die Möglichkeit eines kurzen Gesprächs war nur durch das Mobiltelefons des Mannes möglich, eineinhalb lange Jahre lang. Selbst hilflos, duldsam, geprägt durch das gleiche Kindheits-Schicksal, brauchte es eine Weile bis die Schwester der Frau dem Schwager über seine Zaghaftigkeit hinweggeholfen hatte. Gemeinsam hatten sie es schließlich geschafft: die Frau bekam nach fast 2 Jahren ein eigenes Zimmer im Heim und endlich auch ein eigenes Telefon.

Fröhlich, freundlich optimistisch umsorgt die Frau weiter jeden, der ihr begegnet. Das ist jetzt ihre Welt.

Oft genug besucht der Mann sie noch, dann drehen sie Runde um Runde in dem kleinen Park. Noch immer ist so viel Liebe in ihm für sein »Röschen«. Die Falten und die Zeichnungen des Schicksals in ihrem Gesicht sieht er nicht. Er schaut dahinter und ist jedes Mal entzückt von dem Lächeln, das sie ihm schenkt.

Nach der Zeit verlässt der Mann das Heim, geht in seine Welt, in ihre alte Wohnung, die immer mehr zu seiner wird. Es sind jetzt zwei neue Leben.

Die Nacht

*E*ng aneinander gekauert saßen wir in dem dunklen Raum, auf der kalten, hölzernen Bank. Es war so unsagbar kalt, was kein Wunder war, denn immerhin hatten wir Ende Januar.

Am schlimmsten war noch nicht mal die Kälte in jenen eiskalten Januartagen im zerbombten Berlin. Nein, viel schwerer zu ertragen waren die Ohnmacht und der unendliche Schmerz meiner Mutter in dieser Nacht im Januar 1947.

Ich muss ein wenig ausholen in meiner Erzählung, damit die Umstände deutlich werden, die zu der Situation in jener Nacht geführt hatten.

Das Kriegsende lag nun schon eineinhalb Jahre zurück und viele Menschen hatten sich wieder in einem erträglichen Alltag eingerichtet. Gewiss, oft hatte man noch diverse Mangelzustände zu ertragen, untertrieben gesagt. Aber wir waren jetzt auch gefordert, kreativ nach Lösungen dafür zu suchen. Mein jüngerer Bruder Theo war Spezialist darin und wirklich sehr findig, doch das ist eine andere Geschichte.

Eigentlich waren wir zu fünft: meine Eltern und wir drei Geschwister. Ich war der älteste, dann folgte meine zwei Jahre jüngere Schwester, gefolgt von unserem jüngsten Bruder. Aber unser Leben zusammen als Familie hatte schon 1943 geendet, als meine Schwester und ich zu unserem Schutz vor den Bombenangriffen zusammen mit unseren Klassenkameraden nach Polen aufs Land geschickt wurden, sie nach Kolberg, ich nach Lodz. Theo, damals erst acht Jahre alt, durfte bei den Eltern bleiben. Wir nahmen das so hin wie Kinder vieles hinnehmen, ich war zwölf, Christa zehn Jahre alt. Natürlich blieb das nicht folgenlos, aber auch das ist eine andere Geschichte.

Das Kriegsende führte uns keineswegs wieder zusammen, da meine Eltern entschieden hatten, dass ich gleich das humanistische Gymnasium in Hannover besuchen sollte, unserer ursprünglichen Heimatstadt. Dahin, so der Plan, wollte die Familie auch wieder sobald als möglich zurückkehren.

Mein Vater war vordergründig die treibende Kraft hinter dieser Entscheidung, um die Ungerechtigkeit auszugleichen, die ihm zehn Jahre zuvor unter dem Nazi-Regime widerfahren war. Er wollte seinen alten Arbeitsplatz zurück, den ihm die Diktatur genommen hatte. Gleich 1933 hatte es ihn erwischt. Sein kritischer Blick auf die damals allseits gefeierten neuen Machthaber, in Briefen an seinen Bruder leichtfertig geäußert, aber auch der Verrat eines Kollegen hatten dazu geführt hatten, dass er zu einem Jahr Gefängnis verurteilt worden war. Nachfolgend war er, der fähige Ingenieur für Elektrotechnik, zwangsweise zur Arbeit bei Siemens nach Berlin versetzt worden.

Doch auch meine Mutter, in der Hauptstadt nie richtig heimisch geworden, sehnte sich jetzt, nach dem Ende der schlimmen Zeit des Krieges, vermutlich nicht weniger zurück in die vertraute Umgebung und ihren dort wohnenden Freundinnen.

Schon im Dezember 1945 konnte mein Vater wieder in seiner »alten« Firma, der PreußenElektra in Hannover mit seiner persönlichen Zukunft beginnen. Meine Mutter blieb gemeinsam mit ihrem alten Vater und den zwei Kindern, nun 13 und 10 Jahre alt, in der Wohnung in Finkenkrug bei Berlin zurück.

Vermutlich wollte mein Vater in Ruhe nach einer ausreichend großen Wohnung suchen, das war im zerbombten Hannover ja schwer genug. Und man brauchte ja auch einen genehmigten Zuzug, um in eine andere besetzte Zone Deutschlands umzusiedeln. Für mich war in Hannover gesorgt, denn ich fand wieder Aufnahme bei einer befreundeten Familie, wo ich mich seit Kindertagen immer schon sehr wohlgefühlt hatte. Auch ich hatte mich all die Jahre dahin zurückgesehnt. Nicht ohne Grund waren sie für mich »Ander-Vati« und »Ander-Mutti«.

Es war eine seltsame Zerrissenheit, in der wir lebten, aber das war uns nicht bewusst, wir waren es ja seit Jahren kaum anders gewohnt. Und in diesen Jahren war dies fast schon normal, das Los vieler Familien.

In den folgenden Monaten nach Ende des Kriegs hatte meine Mutter wahrscheinlich das schwerste Los von uns, vor allem als dann Ende Januar 1946 ihr Vater an Hunger und Entkräftung starb. Meine Schwester Christa, fand ihn eines Tages tot im Bett liegend.

Mutti litt mitunter unter heftigen Gallenkoliken und war deswegen schon 1945 zeitweise im Krankenhaus gewesen. Ich weiß nicht, ob es nun das Wiederaufflackern ihres Gallenleidens war oder eine Depression aufgrund des Verlusts oder der Zerrissenheit der Familie. Und meine Eltern haben auch nie darüber gesprochen wie das gewesen war in den Sommer-Monaten des Kriegsendes, als die russische Armee schließlich alles besetzte. Erst viel später hatten wir Kinder von dem Gerede erfahren, was vielen Frauen damals so alles passiert war.

In den folgenden Monaten verschlimmerte sich jedenfalls der Zustand meiner Mutter. Sie nahm mehr und mehr Tabletten, ob gegen tatsächliche Schmerzen oder zum Betäuben des inneren Leids. Rächte es sich jetzt, dass mein Vater im Chaos der letzten Kriegstage bei der Plünderung eines Zuges eine große Menge Tabletten und auch Morphium-Ampullen erbeutet hatte?

Fern von Berlin bekamen mein Vater und ich das Ausmaß der Situation gar nicht mit. Wir wussten nicht, dass Mutti tagelang im Bett lag, sich auch kaum noch um sich selbst kümmern konnte, geschweige denn um ihre beiden Kinder. Mein 10-jähriger Bruder erzählte mir erst viel später, dass er sogar meiner Mutter dabei hatte helfen müssen, auf die Toilette zu gehen.

Natürlich versuchten mein Vater und ich, hin und wieder nach Berlin zu kommen. Aber das war für uns ein schwieriges und auch gefährliches Unterfangen, da wir keinen Interzonenpass besaßen. Ohne diesen, den zu dieser Zeit nur Geschäftsleute auf Antrag erhielten, war das Verlassen des Wohnortes verboten. Mit der Bahn fuhr man ohne die Erlaubnis also nur bis zum Grenzpunkt der britischen Besatzungs-Zone und das war Helmstedt. Von da aus galt es, sich zu Fuß über die »grüne Grenze« zu schlagen in der Hoffnung, nicht erwischt zu werden. Erst in Völpke oder Eilsleben konnte man dann wieder einen Zug weiter nach Berlin besteigen. Bis dahin hieß es, 13 km querfeldein durch Ungewissheit laufen, bis Eilsleben war es sogar ein gutes Stück weiter.

Im Januar 1947 war ich in den Ferien wieder einmal in Berlin. Vielleicht nahm sich meine Mutter da zusammen, vielleicht hatte ihr unser gemeinsam verbrachtes Weihnachtsfest wieder Kraft gegeben. Oder ahnte sie gar etwas von dem, was sich in Hannover abspielte? Hatte ich versehentlich doch von den innigen Spaziergängen meines Vaters mit Lena, der besten Freundin meiner Mutter erzählt? Für mich war bei den gemeinsamen Ausflügen der Blick auf dieses Pärchen, das so traut vereint miteinander vor mir her lief, nicht mehr arglos, dazu wusste ich mit meinen mittlerweile 16 Jahren schon zu viel.

In den Januar-Tagen meines Besuchs in Finkenkrug, lag meine Mutter zwar nicht unentwegt im Bett, aber es ging ihr nicht gut, das war deutlich zu sehen und der Todestag ihres Vaters jährte sich zum ersten Mal. Als meine Abreise nun wieder nahte, unser Vater war längst wieder in Hannover, muss wohl in meiner Mutter die Sehnsucht nach ihrem Mann oder die Qual, der Ungewissheit Erlösung zu geben, so groß geworden sein, dass in ihr der Wunsch aufkam, mich zu begleiten.

Man muss sich vor Augen halten: die Zugverbindungen waren damals keineswegs so wie heute, wo jede

Stunde ein Zug von Berlin nach Hannover fährt. Und wir mussten dazu ja erst einmal von unserem Vorort aus zum Hauptbahnhof nach Berlin gelangen.

Fast 12 000 km Gleise waren nach Kriegsende von der Sowjets als Entschädigung abmontiert worden, sodass das Streckennetz nur noch etwa halb so groß war wie 1938. Es standen überhaupt nur wenige Züge für den Personenverkehr zur Verfügung, die meisten wurden für den Güter- oder Militärtransport benötigt.

Vielleicht war dies der Grund, warum sich dort am Hauptbahnhof die Weiterfahrt verzögerte, es hieß jedenfalls, dass wir erst am nächsten Morgen den Zug nach Eilsleben nehmen könnten. Wir fanden zusammen mit anderen in einem Bunker Zuflucht für die aufziehende Nacht.

Und nun saßen wir also in diesem dunklen kalten Gemäuer, auf einer der harten, kalten Holzbänke, eng aneinander gekuschelt. Vorsorglich hatten wir Berge von belegten Stullen in meinen Rucksack gepackt, die waren jetzt schon zur Hälfte aufgegessen.

Viele Lagen Hemden, Pullover und Jacken schützten kaum vor der Kälte, die jetzt von den weniger geschützten Füßen hochstieg. Mit dem schwindenden Tageslicht war das winzige Stückchen Enthusiasmus in mir verflogen. Gewiss ich konnte meine Mutter nur zu gut verstehen und hatte ja auch die verzweifelte Sehnsucht in ihren Augen gesehen. Die hatte ihr die Kraft gegeben, bis hierhin zu gelangen, bis hier auf die kalte Holzbank. War ihr wirklich klar, was ihr noch bevorstand? Ich wusste das, kannte es, konnte es gut bewältigen, aber sie war eine erschöpfte, kränkliche Frau von Anfang 50. Und bei meinem Hinweg eine Woche zuvor, war es sogar für mich hart gewesen, den langen Fußmarsch, durch Schnee und Kälte erschwert, zu bewältigen.

Die Stille und die Dunkelheit im Raum halfen mir nun zu denken. Was würde geschehen, sollte sie zusammenbrechen? Was, wenn sie nicht mehr weiter konnte? Was, wenn wir von einem der patrouillierenden Soldaten entdeckt werden würden? Würden wir festgenommen werden? Was würde aus Christa und Theo werden, die Mutti ohnehin für diese zwei Tage allein gelassen hatte? Zwei Tage - aber länger?

Aber was sollte ich nun tun mit meinen Zweifeln? Hatte ich, das Kind, so viel Kraft, sie, die Erwachsene zu überzeugen? Und könnte sie das überhaupt aushalten?

Die Stunden in jener Nacht haben sich in mir eingebrannt, die Dunkelheit, die Kälte und die drückenden Fragen, die unendlich schwer auf mir lasteten. Ich glaube, ich wurde ein großes Stück erwachsen bis zu dem Moment, wo ich es dann anpackte und das Wort an sie richtete.

»Mutti, meinst Du denn tatsächlich, dass du den Weg schaffen kannst?«, begann ich zaghaft.

»Aber natürlich, Hans, das wird schon gehen«. Der kraftlose Klang ihrer Stimme, strafte ihre Worte Lügen. Noch einmal nahm ich allen Mut zusammen und hob erneut an.

»Wir werden drei Stunden gehen müssen und dann der Schnee!« Vielleicht half mir jetzt hier die Dunkelheit, sodass ich, neben ihr sitzend, nicht andauernd die Verzweiflung in ihren Augen sehen musste. Ich redete und redete, rang nach Worten und suchte hilfreiche Gedanken, um sie zu überzeugen.

Und je mehr ich redete, umso sicherer wurde ich dabei, dass unser Vorhaben zum Scheitern verurteilt sei. Und je stärker ich wurde, umso mehr sank meine Mutter in sich zusammen, und sagte schließlich kein Wort mehr. Die Entscheidung war gefallen.

Als der Himmel langsam hell wurde, gab es nur noch Schweigen. Es war eine Herz und Zunge lähmende Verzweiflung in uns. Ich spürte nur zu deutlich ihren Schmerz um die Erkenntnis der Ohnmacht in ihrem Leben. Und ich konnte es kaum mitansehen. Das genau war die Ursache meines eigenen Schmerzes, jetzt in dieser Stunde. Die Ohnmacht um den Verlauf unserer Wege.

Still waren wir auch, als es Zeit für mich wurde, zum Bahnsteig zu gehen.

In der großen Halle, inmitten der Menschen, die jetzt am Morgen geschäftig ihrer Wege eilten, fiel es uns leichter, Abschied zu nehmen. Nur eine kurze, aber sehr innige Umarmung, dann gingen wir auseinander, still, jeder von uns ging seinen Weg. Allein.

Mathias

*E*inen Augenblick schließe ich die Augen und genieße das helle Licht auf meinem Gesicht. Aber eigentlich sind die leuchtenden Farben um mich herum viel zu schön, um nicht betrachtet zu werden. In allen Schattierungen von Gelb, Rot und auch noch Grün leuchten mir die Blätter der Bäume und Büsche entgegen vor dem strahlend blauen Himmel. Die flach stehende Herbstsonne hat in diesen Tagen noch einmal erstaunliche Kraft entwickelt. Das beflügelt, macht unruhig, lässt jeden emsig werden, um das letzte warme Wochenende des Jahres voll auszukosten.

Was für ein Glück für Mathias, denke ich. Mein Bruder hat just für dieses Wochenende einen Motorrad-Ausflug zusammen mit seinem Sohn geplant. Später wollen sie auf ihrem Weg durch die Berge des Egge-Gebirges auch bei uns auf einen Kaffee vorbeischauen.

Aber genug getrödelt, ich greife zum Besen und fege die feuchten Blätter der breiten Einfahrt unseres Hauses zusammen. Nicht, dass er womöglich darauf ausrutscht, denke ich. Und unweigerlich zieht sich mein Herz zusammen und wie eine Klammer umgreift mich die Angst. Ein altbekanntes Gefühl. Nein, ich bin nicht psychisch krank, ich habe nur einiges erlebt. Gerade mit meinem Bruder, daher rührt die Angst. Als er jung war, hatte er eine tödliche Krankheit erlebt und wir mit ihm. Die Erinnerungen daran sind wie Narben, sie bleiben für immer und manchmal schmerzen sie. Aber meistens ist ihr Anblick nur vertraut.

Heute denke ich nur kurz daran. Wie lächerlich, schelte ich mich: ich fege nur einen Hof und die beiden sind ein ganzes Wochenende auf Landstraßen voll von nassem Laub unterwegs. Ich atme einmal tief durch und richte meinen Blick dann lieber auf die Dahlien vor unserem Haus, welche in der Herbstsonne farbenprächtig leuchten.

Wenig später dringt Motorengeräusch an mein Ohr, es wird immer lauter und schon biegen zwei mit dicken Helmen unkenntliche Gestalten in Lederkluft auf schweren Motorrädern hinein in den Hof. Die Helme endlich abgelegt, werden die beiden erkennbar und das unwiderstehlich breite Grinsen meines Bruders strahlt mir entgegen. Als wir uns zur Begrüßung fest umarmen, dringt der so vertraute, leicht muffige Geruch der Lederjacke in meine Nase und mein Herz platzt bald vor Freude, ihn zu sehen.

»Hey, Mathias, schön Dich zu sehen«, ruft hinter mir mein Mann seinem Schwager entgegen. Auch die beiden umarmen sich und ich schaue amüsiert zu, wie sie sich dabei gegenseitig heftig auf den Rücken klopfen. Männer klopfen immer, denke ich, Frauen streicheln viel eher. Auch Ben, sein Sohn, wird zur Begrüßung nun von uns beiden gestreichelt und beklopft. Es braucht nur einen Augenblick und schon stehen die drei Männer wie aufgereiht vor den Maschinen und bewerfen sich mit Begriffen wie Hubraum, PS, Zylinder, Beschleunigung … Bahnhof für mich.

Ist es nun weiblich bekloppt oder einfach die beste Wahl, wenn ich jetzt hineingehe und den Kaffee aufsetze, denke ich. Mir genügt es, emanzipiert zu sein, wenn es nötig ist und den Kaffee zu kochen, setzt mich nicht herab. Vielmehr empfinde ich es jetzt als Glück, die drei von drinnen zu beobachten, ihre Freude zu sehen und bis hier hinein das laute Gelächter der drei zu hören. Wie immer, denke ich, mindestens Mathias und mein Mann sind auf einer Wellenlänge, das ist deutlich zu sehen. Ben braucht noch ein wenig, um wirklich die eigene Wellenlänge zu finden.

Wir haben später am Tisch noch genügend Zeit miteinander. Dann bin ich in meinem Element. Die Meisterin der Fragen. Dann geht es Schlag auf Schlag und ich will alles wissen. Wie geht es Mathias in seinem Job als Maschinenschlosser. Als vorgesetzter Meister sitzt er oft zwischen den Stühlen, aber es ist gut zu hören, wie sehr er dabei in sich ruht und seine Nischen findet und vieles an sich abperlen lässt.

Das konnte er schon früher, sich selbst genug sein. Wie damals, als er als junger Mann, ehrenamtlicher Sanitäter beim Roten Kreuz, seine eigene kleine Wasserrettungsstation in Berlin an der Havel hatte und seine Wochenenden gern auch dort allein verbrachte. Schon als Kind hatte er oft für sich gespielt oder ganze Nachmittage allein beim Angeln verbracht. Wenn man für sein persönliches Empfinden von Glück nicht unbedingt immer ein Gegenüber braucht, dem man es erzählen muss, um dann Bestätigung zu erhalten, kann man gut für sich sein.

Jetzt sitzt er vor mir und löffelt genüsslich die Sahne auch ohne Kuchen und grinst dabei schon wieder unverfroren. Sein Gesicht ist längst nicht mehr jungenhaft, bei den Haaren überwiegen mittlerweile die weißen Strähnen und die Stirn hat sich um ein gutes Stück nach oben erweitert. Aber die blauen Augen lachen noch immer so ansteckend, als wenn er gerade zwölf wäre.

Auch Ben muss viele Fragen beantworten und schlägt sich dabei ein wenig schüchtern, wortkarg. Doch ich gewinne ein Bild von seinem jetzigen Leben, von seinen Plänen, seinen Träumen, seinen Nöten. Kluges und vor allem einfühlsames Fragen ist alles. Vielleicht nennt man das auch Interesse oder Anteilnahme.

Ich schaue auf meinen Bruder und sehe mit wie viel Liebe und Stolz er den Worten seines Sohnes lauscht. Und dabei ist es gar nicht sein eigener Sohn, denn eigene Kinder waren ihm verwehrt nach der schweren Erkrankung. Umso schöner, jetzt die Verbindung zwischen Ben und seinem Papa zu sehen, den er nie anders nannte. Mathias hatte Bens Mutter kurz nach der Geburt des kleinen Jungen kennengelernt. Eigentlich eine Herausforderung für eine junge Beziehung, aber in diesem Fall war es, wundersam für alle, ein großes Glück gewesen.

Wenn Ben kurz nach Worten ringt, nicht weiter weiß und Mathias hilfreich erklärend und doch so liebevoll unterstützend übernimmt. Dann höre ich aus seinen Worten Liebe, Hilfestellung und Toleranz. Der Traum einer Vater-Sohn-Beziehung, denke ich. Manch ein Sohn und viele Väter haben dieses Glück nicht erleben dürfen. So wie mein Mann und dessen Vater. Da gab es nur ungläubige oder zornige Blicke und Begegnungen, je nach Betrachter. Da konnte auch manch finanzielle Unterstützung des Vaters nicht mehr viel ausrichten. Aber hier, zwischen Mathias und seinem Sohn ist es anders. Umso schöner, denke ich – und wertvoller, wenn man es sich bewusst macht.

Auch Mathias selbst hat es nicht so erlebt mit unserem Vater. Aber er war schon immer eine Frohnatur, die sich bei Kleinigkeiten ausschütten konnte vor Lachen und für sich Momente des Glücks gesucht und auch gefunden hat. Hat er den Vater entbehrt? Ich weiß es nicht. Wir haben nie darüber gesprochen miteinander. Mein Vater gehörte zu den Männern, die die Erziehung der Kinder der Frau überließen, außer wenn Strenge nötig war. So fand er in unserem Leben nur selten statt. Vielleicht weil wir alle selten ausbrachen und Regeln übertraten, aber sicher auch weil unsere Eltern die Regeln in großer Toleranz weit auslegten.

Ich suche in der Erinnerung nach gemeinsamen Bildern, Vater und Sohn. Die gibt es nicht. Es gab keine Gemeinsamkeiten. Viel eher gab es dann ungläubige, um nicht zu sagen, missbilligende Blicke des Vaters. Wie hat Mathias die kränkenden Sätze des Vaters, die wir alle hörten, erlebt? Der Vater wollte Kinder nach seiner Vorstellung. Der Sohn hätte sein sollen wie er und doch wäre dann für Gemeinsames kein Raum gewesen, da der Vater so viel Raum für sich selbst benötigte.

Mathias hat nie geschaut, von sich aus, hin zu seinem Vater. Vielleicht hatte er sich das schon sehr früh abgewöhnt. In der Zeit, als meine Schwester geboren wurde, und mein Vater sein Herz an die Tochter verlor. Für seinen Vater hatte Mathias nie Interesse. Er freute sich des

Lebens und ging seiner Wege, machte innerhalb der Regeln was ihm Spaß machte, auch allein. Und flüchtete sogar aus dem Fenster, wenn es sein musste, um dem Vater nicht zu begegnen, auf dem Weg, den er sich gerade wünschte. Entbehrte er den Vater? Ich weiß es nicht. Scheinbar nicht. Er war niemand, der weinte. Er war mein älterer Bruder, der war schon aus dem Alter raus.

Sie waren einander fremd, nicht immer gibt es ein festes Band zwischen Vater und Sohn. Aber wenn nicht alles zerstört ist, kann es wenigstens Momente davon geben. Und die gab es. Eine ganze Reihe. Aneinander gereiht waren es einige Wochen.

Das war in der Zeit, als Mathias gegen die schwere Krankheit ankämpfte. Allein, isoliert lag er im Krankenhaus in der fernen Stadt. Da nahm sich der Vater Urlaub und wachte gänzlich und dick eingepackt in isolierenden Schichten, das Gesicht bedeckt vom Mundschutz, zwei ganze Wochen bei dem Sohn. Er litt mit ihm, wenn der vor Schmerzen weinte und unterstützte ihn geduldig Tag für Tag in der schweren Zeit. Pflichtbewusst, gemäß seiner Natur unterdrückte der Vater den eigenen Schmerz und war nur für seinen Sohn da. Später wurde nie wieder von dieser Zeit gesprochen.

Ein nasskalter Tag im April. Eigentlich sollte die Frühlingssonne wie so oft Ende April die ersten Osterglocken sprießen lassen. Heute nicht, heute hat sie Pause. Vielmehr muss heute jeder aufpassen, um nicht im Schneeregen auszurutschen. In einem Krankenzimmer auf der Intensiv-Station der großen Uni-Klinik ist all dies nicht von Bedeutung. Ernst sitzen eine Mutter, ein Vater am Bett ihres Sohnes. Sie blicken auf die bleiche Gestalt, die in den Kissen liegt, noch beatmet durch Schläuche, ohne Bewusstsein. Es ist Zeit, das ahnen sie schon seit einigen Tagen. Heute Morgen hat es der Arzt noch einmal wiederholt, dann haben sie alle gemeinsam entschieden. Und jetzt ist es Zeit. Jetzt.

Die Frau schaut unverwandt auf ihren Sohn, in sein Gesicht. Sie kann es nicht fassen, mag es nicht glauben, obwohl ihr Verstand es nur zu gut weiß. Es ist Zeit. Sie steht auf, beugt sich über ihren Sohn, der da so still vor ihr liegt. Sie spricht einige Wort des Abschieds und streicht ein letztes Mal mit ihrer Hand über das geliebte Gesicht. Und indem sie den Moment hinausschiebt, sieht sie es: eine Träne rollt aus seinem rechten Auge hinab, über die Schläfe auf das Kissen. Als wollte der Sohn auch ihr Lebewohl sagen. Sie reißt sich los, dreht sich um. Sie kann es nicht mitansehen, mag es nicht erleben. Das, was hier geschieht, geht weit über ihre Kräfte. Sie verlässt das Zimmer und geht in die Kapelle einige Stockwerke tiefer. Der Vater bleibt. Es ist nicht nur die Pflicht, die so stark in ihm verankert ist. Vielmehr ist es Anstand und schließlich Liebe zu seinem Sohn, ihn auf diesem letzten Schritt zu begleiten, ihn gerade jetzt nicht allein zu lassen. Der Sohn, der so anders ist als er selbst.

Die Maschine, die den Sohn bislang noch am Leben hielt, eine unverantwortlich hohe Menge an Sauerstoff in den kranken Körper pumpen musste, schweigt nun. Es ist Zeit. Und der Vater nimmt die Hand des Sohnes und ist mit ihm. Bis zum Schluss.

Als ich die Augen wieder öffne, blitzt die helle Herbstsonne immer noch durch das leuchtende Laub der Bäume und ich halte das Gesicht noch einen Moment in das Licht und genieße die Wärme auf der Haut. Ich wache langsam auf aus meinem Tagtraum, meinen Gedanken und Erinnerungen. Aber es bleibt keine Zeit, im Moment zu verweilen. Ich bin hier, um die Grabstelle vor mir von Unkraut und altem Laub zu säubern. Dort vor mir sind sie wieder vereint, wenigstens mit ihren Namen, die untereinander auf dem roten Naturstein zu lesen sind. Ganz oben steht: *Mathias*. Er starb als Erster von den Dreien, da war er gerade 24 Jahre alt.

Was wäre, wenn Mathias nicht so jung gestorben wäre? Wie wäre sein Leben gewesen? Wie hätte er ausgesehen mit grauen Haaren, mit Falten im Gesicht? Hätte er Kinder gehabt? Zumindest keine eigenen. Was wäre er für ein Vater geworden?

Hätte ich endlich mit ihm über das Erlebte gesprochen? Damals war ich zu jung, um ihn danach zu fragen, zu sehr gefangen, in dem was geschah. Hätte er mir dann erzählt, von seinen Gefühlen, Gedanken, Ängsten? Das frage ich mich so oft.

Aber eines weiß ich: ich durfte das Glück erleben, einen Bruder zu haben. Zwanzig ganze Jahre lang.

Der Sprung

Mit seinen fast 50 Jahren sah er noch ziemlich gut aus, wie er selbst fand. Ein letztes Mal fuhr er sich mit dem Kamm durch seine blonden, kinnlangen Haare. Ein letzter Blick in den Spiegel, dann riss er sich los von seinem Abbild, seufzte einmal, und setzte das seinem Beruf als Psychiater geschuldete ernst-freundliche Gesicht auf, um vorbei an der Anmeldung die Karte des nächsten Patienten zu ergreifen und diesen aus dem Wartezimmer abzuholen.

»Frau Schulz bitte«, rief er in die Gruppe der Patienten, die im Wartezimmer saßen und in Zeitungen oder Smartphones vertieft waren. Ein rascher Blick in die Aufzeichnungen seiner Karte verriet ihm: 44 Jahre, verheiratet, keine Kinder, arbeitslos, seit Jahren krank ... langsam kehrte die Erinnerung an das zurück, was die Patientin ihm beim ersten Termin aus ihrem Leben erzählt hatte. Nun saß die zierliche, erschöpft aussehende Frau ihm wieder erwartungsvoll gegenüber ... und sprudelte nach einem kurzen auffordernden Nicken seinerseits auch gleich los. Ihren Blick suchend, mitfühlend nickend, hielt er es aus, diesen scheinbar endlosen Redefluss. Hin und wieder versuchte er, sie zu erreichen und warf eine Frage ein, versuchte sie auf einen anderen Weg, einen neuen Gedanken zu bringen. Doch vergeblich. Alle seine bei anderen Patienten so erfolgreich aufgezeigten

Möglichkeiten wurden ihrerseits abgewiesen. Das hätte sie alles schon versucht, leider ohne Erfolg.

Sein rascher, verstohlener Blick auf die große Uhr an der Wand, verriet ihm, dass die vorgeplanten 20 Minuten schon fast vorbei waren. Es war zum Haare-raufen, aber dann hätte er die schöne Frisur ruiniert. Warum mussten die Patienten manchmal so kompliziert sein, warum nahmen sie nicht dankbar Rezepte und Ratschläge an, warum konnte es nicht so einfach wie bei seinem Kollegen nebenan sein? Der hatte zwar ein anderes Fachgebiet, schleuste aber seine Besucher mit weit kürzeren Gesprächen durch die Sprechzimmer und verdiente noch dazu mit zahlreichen Messungen erheblich mehr. Das Grummeln tief in seinem Inneren ließ sich immer weniger ignorieren und überspielen. Gottlob, die sensible Frau ihm gegenüber hatte es wohl bemerkt und kam offensichtlich zum Ende.

»Wo Sie so belastet sind, haben Sie nicht in Ihrer Nähe einen Facharzt? Dann müssten Sie nicht so weit fahren«, fragte er sie nun.

Die Frau fuhr unmerklich zusammen, versuchte dieser Arzt sie gar loszuwerden? War ihre Empfindung, die im Laufe des Gesprächs immer deutlicher geworden war, doch richtig gewesen? Konnte es tatsächlich sein, dass sie ihm zu unbequem war? Langsam glomm Zorn in ihr auf. Und da war sie nun wieder, die ihr nur allzu bekannte Wut darüber, ohnmächtig und unschuldig einem vorschnellen Urteil über sich ausgeliefert zu sein. Sie war intelligent genug, um zu wissen, dass die Ursache ihres Zorns nicht nur im Unvermögen des Arztes lag, sondern auch im etablierten System der Gesundheitsindustrie des Landes. Aber am Ende blieb alles wieder bei ihr: sie fühlte sich wie so oft hilflos zurückgelassen mit ihren Problemen. Die Frau versuchte es ein letztes Mal, brauchte sie doch so dringend diese Anlaufstelle und war sie doch nach dem ersten Besuch so froh gewesen, diesen Arzt gefunden zu haben. Viele andere hatten noch weniger empathisch ihre Arbeit verrichtet.

»Ich würde gerne noch einen Termin in ein paar Monaten ausmachen«, versuchte sie ein letztes Mal, ihre Empfindung unter Einbildung abzuhaken. Sie waren beide schon an der Tür des Sprechzimmers angekommen.

»Tja, äh … wenn Sie meinen … das können Sie natürlich machen … wenn Sie möchten …«, entgegnete der Arzt. Also doch! Sie wagte es nicht mehr, ihn anzusehen und schob sich durch die Tür. Getroffen! Etwas im Nebel schritt sie zur Anmeldung, handelte den neuen Termin aus und verließ die Praxis.

In ihr raste ein Sturm, sie fühlte sich tief beschämt. Wieder einmal war sie abgewiesen worden mit ihrem offenen Herzen und wieder mal alleingelassen. Wie eine Welle schwappte die Hilflosigkeit über sie: allein war sie, gänzlich allein. Was sollte werden, wer sollte ihr helfen? Natürlich gab es ihren Mann, ja, jetzt noch, aber dann, irgendwann? Die Angst davor schnürte ihr die Kehle ab.

Doch bald regte sich eine andere Seite in ihr: die Gedanken rasten, so wie sie es immer taten in ihrer Welt. Wortgewaltig formulierte sie schon Brief um Brief. Vielleicht wäre das noch ein Weg … vielleicht konnte sie ihn so erreichen, das müsste doch möglich sein, sie konnte doch nicht so einfach hilflos aufgeben.

Den Brief, den sie dann Tage später tatsächlich an den Arzt abschickte, hatte sie nach ihrem Gefühl ganz gut gemeistert: ihren Empfindungen Raum gegeben, weniger kritisch ihm gegenüber, war er doch in der Tat auch Opfer. Allzu menschlich Opfer des Systems, das sich die große Gemeinschaft der Ärzte und Versicherungen zu ihrem guten Einkommen und erfolgreichen Ergebnis geschaffen hatte. Ein klein wenig war der Arzt allerdings in ihren Augen auch Opfer seiner selbst mit seinem naheliegenden Bedürfnis, Bestätigung aus dem Beruf zu erlangen. Umso mehr, wenn dann vielleicht noch Eitelkeit dazu kommt. Aber konnte er sich das tatsächlich leisten als Arzt für Psychiatrie, Anlaufstelle für seelische Nöte? Und wenn er dies begreifen könnte?? Ein letzter Versuch!

Nach wenigen Tagen ein Anruf der Praxis: die Sprechstundenhilfe sagte den ausgemachten Termin ab. Nach dem Schreiben wäre das Arzt-Patient-Vertrauensverhältnis gestört: »der Dr. lässt ausrichten, er möchte Sie nicht länger behandeln«.
Schockiert, hochrot im Gesicht saß sie noch eine Weile vor dem Telefon, unfähig, sich zu bewegen. Wieder rasten die Gedanken in ihr und sie fühlte sich unendlich beschämt und verstoßen. Natürlich schüttete sie bei ihrem Mann ihr Herz aus, natürlich war er sehr mitfühlend, beruhigte sie, versuchte, sie auf andere Gedanken zu bringen. Und natürlich hatte er mit allem Recht, was er sagte.

Ebenso natürlich erschien es ihr, dass sich nichts änderte an ihren Gefühlen.

Wenig später stieg sie in ihr Auto und fuhr ihrem Ziel entgegen. Heute würde sie es tun. Vielleicht war dies ein Weg, der Weg. Schon so oft hatte sie darüber nachgedacht. Heute war ein solcher Sturm, eine solche Verzweiflung, eine so große Hilflosigkeit in ihr, dass sie endlich diesen Schritt wagen würde.

Es war bereits dunkel und der Parkplatz an dem kleinen Bahnhof des Ortes so gut wie leer. Sie stellte das Auto ab und verschloss es. Langsam, tief konzentriert schritt sie ganz allein den verlassenen Bahnsteig entlang. Es war nicht schwer, die Plattform hinter sich zu lassen. Gleich dahinter umsäumten dichte Sträucher die Gleise, aufmerksam schritt sie daran vorbei. Nach einigen hundert Metern hielt sie inne und entdeckte eine brauchbare Lücke im Gebüsch. Ja, das passte. Dort würde sie warten, dort würde sie niemand vorzeitig entdecken. Sie wusste, der Regionalzug in die nächste Stadt würde bald die Stelle passieren. Sie musste nur noch ein klein wenig Geduld haben bis zur Erleichterung, nach der sie sich so sehnte.

Wieder klopfte ihr Herz bis zum Hals, als sie die kleinen Lichter der Lokomotive in der Ferne erblickte. Sie kamen immer näher, sie war jetzt in voller Konzentration auf den bevorstehenden Zeitpunkt, das Gebüsch zu verlassen, sich dem Gleis zu nähern, und den Sprung zu wagen. Nun war der Zug schon zu hören und die Lichter wurden größer und größer … noch musste sie warten, noch einen kleinen Moment - dann war er da, der richtige Augenblick - und sie sprang

- hinter die Bahn, so wie ihr Mann es ihr so oft im Scherz geraten hatte, wenn sie verzweifelt gewesen war und sie beide zur Erleichterung flachsend in Selbstmordphantasien geschwelgt hatten.

Ein Glücksgefühl durchströmte sie jetzt. Sie spürte die harten Steine unter sich, fühlte in den Händen das nasse Laub am Boden. »Ich habe es getan«! Ein gewaltiger Sprung war nötig gewesen, um die Schienen zu überspringen. Aber jetzt ging es ihr besser. Sie empfand sich nicht mehr länger als hilflos, sie war imstande etwas zu tun. Egal ob es ein Sprung hinter die Bahn oder ein Schritt in irgendeine andere Richtung war. Jeder Schritt brachte eine Veränderung, äußerlich oder innerlich, das spürte sie jetzt. Und niemand war irgendjemandem hilflos ausgeliefert.

Aber es hätte auch anderes ausgehen können.

34

I

So war das nicht geplant gewesen. Aber was hatte ich denn überhaupt geplant und war ich es, der geplant hatte?«

Die leise Ahnung von Entmutigung wird an diesem Morgen immer lauter in ihm. Sein Blick gleitet hinab von der Hochebene über die Landschaft, die vor ihm liegt bis hinunter zum Fluss mit der kleinen Ortschaft in der Ferne.

»Fast könnte man meinen, ich wäre zuhause, in den westfälischen Wäldern meiner Heimat«, denkt er.

»Wie gerne würde ich jetzt hinauf steigen zum Velmerstot.« Das ist der Berg mit dem markanten Gipfelkreuz, daheim im Teutoburger Wald. Für ihn war es der Ort, an dem er oft Frieden und vollkommenes Glück empfunden hat.

Frieden – was für eine absurde Vorstellung in diesen Tagen des September 1914. Noch vor zwei Monaten hatte es das gegeben und schon heute scheint es schier unvorstellbar. Nach den harten Gefechten der letzten Tage und dem bitteren Rückzug nach Norden über die Aisne hinweg, ist ein wenig Ruhe eingekehrt. Die 14. Reserve Infanterie Brigade hat die Aufgabe, Rückhalt zu geben für die anderen Abteilungen der 1. Armee, die sich im weiteren Umkreis befinden.

Die ersten Strahlen der Herbstsonne blitzen im Osten durch die Bäume. »Endlich mal wieder Sonne«, denkt er. »Dann kann es jetzt nur besser werden, alles, die ganze Situation.«, so macht er sich selbst Mut. In den letzten Tagen war der Himmel grau verhangen gewesen, gestern hat es stundenlang geregnet. Noch ist es seltsam still und ruhig, ungewohnt nach den letzten Wochen. Sicherlich ist es die Ruhe vor dem neuen Sturm, der kommen wird. Das weiß er auch. Aber vielleicht werden sie sich damit wieder herankämpfen, Paris wieder näher kommen.

Den Geist nicht länger gebunden an den Aufruhr von Alarm, Gefechten und Befehlen blickt er zurück. Der Tag der Mobilmachung ist heute genau sieben Wochen her. Am 1. August hatte er nach Monaten der Trennung von seiner kleinen Familie eigentlich wieder bei ihnen in Halle an der Saale sein wollen. Die grauenvolle Entwicklung, die mit diesem Tag einsetzte, hatte in der Luft gelegen, spätestens seit dem unglückseligen Mord am österreichischen Thronfolgerpaar Ende Juni. Allerdings war von Grauen noch keine Spur gewesen. Vielmehr lag an jenem Tag vor sieben Wochen unbändige Freude in der Luft, die so viele von den Soldaten und auch die Familien ansteckte. Es war wie ein Fieber, das alle ergriffen hatte.

Er ist damit groß geworden, war auf das, was nun sogar sein Beruf ist, gleichsam eingeschworen worden. Allerdings waren bei dieser Prägung von Kindesbeinen an, stets nur die glorreichen Seiten Thema gewesen. Wie oft hatte sein Vater den drei Jungen von seinen Erlebnissen im erfolgreichen Krieg gegen die Franzosen 1870 erzählt. Deutschland hatte den Sieg errungen und in der Folge mit Bismarcks Hilfe im Januar 1871 zu seiner Einheit gefunden. Der wirtschaftliche Aufschwung, die grandiose Gründerzeit, die lange Zeit des Friedens, in dieser Zeit war es leicht und dankbar gewesen, Soldat zu sein. Man führte Kriege auf völlig andere Weise als jetzt, im neuen Jahrhundert.

Als Lehrer in der Kriegs-Akademie in Berlin hatte es der Vater bis zum angesehenen Oberstleutnant gebracht. Da war es keine Frage, dass er, als ältester Sohn, seinem Beispiel folgen sollte.

Mit elf Jahren stellt man seinen Vater noch nicht in Frage, mit diesem Alter beginnt die Ausbildung der Kadetten. Sicher ist es für alle Jungen nicht leicht in diesem Alter sein Zuhause, die Mutter, den Vater, die Brüder zu verlassen. Für ihn wurde es zum ersten Bruch in seinem Leben, ihm fehlten die liebevolle Mutter und vor allem der ein Jahr jüngere Bruder unendlich. Natürlich gewöhnt man sich an all den Drill, an das viele Lernen und Exerzieren. Und man gewinnt ja auch neue Freunde unter den Kadetten. Und ihm war bewusst, welch ein Privileg diese umfassende Ausbildung war. Als Sohn eines Majors im Generalstab in Berlin war es für seine Familie viel leichter gewesen, einen der begehrten Plätze dort zu erhalten. Dazu kam, dass sich seine Eltern den Erziehungsbeitrag leisten konnten, was für einen Bürgerlichen nicht selbstverständlich war.

Was hätte wohl aus ihm werden können, wenn er nicht diesen Weg eingeschlagen hätte, vielmehr einen Weg gewählt hätte, der mehr seinen Leidenschaften entsprochen hätte. Und das war die Natur: die heimischen Wälder im

Teutoburger Wald oder im benachbarten Solling. Dort das Rotwild zu beobachten, nicht zu schießen, zu jagen, nein, es war ihm eine Wonne, das Leben der herrlichen Tiere zu betrachten und entrückt von der Welt zu sein. Wäre sein Vater doch Gutsbesitzer gewesen, dann würde er heute wohl über die Felder gehen, das Wachsen des Getreides und anderer Feldfrüchte überwachen und er hätte wohl auch eigenen Wald. Diese grandiose Natur wäre sein Beruf geworden. Immerhin hatte er daheim einen Garten, ein müder Ersatz, aber es erfreute sein Herz, zu graben und zu hacken, den Garten zu gestalten und sich an den blühenden Rosen und duftenden Flieder zu erfreuen.

Doch mit elf Jahren überblickt man all das noch nicht, weiß es gar nicht einmal, welche Leidenschaften und Sehnsüchte im Laufe des Heranwachsens empor kommen werden. Und als er es ahnte, war die Dominanz seines Vaters, des Oberstleutnants, so stark, dass es ihm als Sohn noch nicht einmal in den Sinn gekommen wäre, den Weg in Frage zu stellen. Das Gen der Rebellion war in ihm nicht stark genug verankert. Es entsprach auch nicht der Zeit, so gab es wenige, die aus solch einem vorgezeichneten Weg in der Preußischen Armee ausbrachen. Wie gesagt, es war ein Privileg und mit großer Anerkennung der Gesellschaft verbunden, diesen Weg einschlagen zu dürfen. Es war wie ein dichtes Netz gewesen, das sich um ihn gelegt hatte, einen Ausweg nicht zuließ.

So blieb es bei begrenzten »Fluchtmaßnahmen«: die ersehnte Reise in die Alpen, bei der ihm kein Gipfel zu hoch war, um den Blick schweifen lassen zu können über die schneebedeckte Bergwelt. Hier verschwand er, war er eins mit sich und der Natur um ihn herum. Und kehrte doch immer pflichtbewusst zurück auf den vorgezeichneten Weg, weil auch dies ihm entsprach und ihn erfüllte.

»Mit Gott für König und Vaterland«, diese Worte trug jeder Kadett auf dem Koppel, und er hatte sie seither verinnerlicht. Mit Stolz trug er den Leitspruch, sie gaben seinem Wirken Richtung und Sinn.

Schließlich war es geschafft: er war Leutnant im traditionsreichen Regiment 55 des heimischen Detmolds, in dem schon sein Vater gedient hatte. Das Ansehen, das ihm in der Heimat nun entgegengebracht wurde, nahm er dankbar und mit Stolz auf.

Es folgten prestigereiche Jahre in goldenen, friedsamen Zeiten. Als junger Offizier war er gern gesehener Gast in der Gesellschaft oder auch beim Fürsten zur Lippe, wenn dieser zum Ball oder anderen festliche Anlässen in sein Schloss im Zentrum Detmolds geladen hatte. Die sommerlichen Gartenfeste des Schlossherrn im nicht weit entfernten Sommer-Palais, bei denen der herrliche Garten mit den weiten Rasenflächen, umsäumt von altem Baumbestand, einen märchenhaften Hintergrund bildete, waren Gesprächsstoff für Wochen und die Ausgangslage für gesellschaftliche Kontakte. Dann folgten weitere Einladungen aus Detmolds Gesellschaft.

Eigentlich die Bühne, um nun eine passende Frau zu finden. Doch vielleicht hatte er die eine schon bald gefunden, es aber nicht gewagt, ihr, der bezaubernden, jungen Pastorentochter aus Höxter näher zu treten? Gleichsam vorbereitend auf das künftige Leben zu zweit hatten sich ihre Wege 1905 auf einer Hochzeit gekreuzt, als sie, jeweils von Braut und Bräutigam gewählt, das

Brautführerpaar gebildet hatten. Das hatte die Distanz überwunden, die es ihm mit seinem zurückhaltenden Wesen schwer gemacht hatte, jemandem näher zu kommen. Näher, als es die gesellschaftlichen Regeln der Kommunikation sonst zuließen. So war an diesem Tag für Lydia ein seltener Blick auf das weiche, herzliche Wesen des Soldaten möglich, das er sonst verbarg. Vielleicht hatte sie ihn auch aufgeschlossen, Tore geöffnet, unbekümmert, leicht, fröhlich. Da wurde es ihm leicht, ebenso lebensfroh zu antworten. Und doch gab es Momente, in denen er Lydia an jenem Hochzeitstag seiner Cousine auch überraschend ernsthaft und vertrauensvoll erlebte.

Hingegen hatte er, der Leutnant, mit seiner ruhigen Zugewandtheit zwar noch nicht das gesamte, aber doch einen Teil von Lydias Herzen gewonnen. Ein Zauber hatte gewirkt, sodass beide für diesen Tag als Brautführerpaar unzertrennlich waren, und doch hatte seine Kraft zunächst nur im Verborgenen gewirkt. Dann und wann sah man sich im gesellschaftlichen Leben auf Einladungen und im Verwandtenkreis, dennoch wagte es Wilhelm nicht, seine Gefühle zu offenbaren. Vielleicht fehlte auch die Ermunterung dazu, vielleicht gab es noch zu viel Unsicherheit, ob er der Richtige wäre, bei der jungen Frau.

Doch dann kam die Nachricht, dass er für Jahre fortgehen würde, abkommandiert an die »Turnanstalt« in Ettlingen, als Ausbilder jener Schule für Unteroffiziere. Es war die plötzliche Wehmut im Herzen, die die Unsicherheit über ihre Gefühle verschwinden ließ, aber leider auch ihn aus ihrem Leben. Und ein anderer kam nicht daher und nicht in Frage.

Lydia und ihre ältere Schwester Elisabeth verbrachten die folgenden Jahre wie so viele unverheiratete, junge Frauen: sie reisten in der großen Verwandtschaft umher, ausgeliehen, um zu helfen und zu Diensten zu sein. Immerhin waren sie nicht gezwungen, ihren Unterhalt zu verdienen. Nein, man reise bald hierhin, bald dorthin, half bei der Tante oder in der Familie der älteren Cousine, nahm am gesellschaftlichen Leben dort teil und traf dort hoffentlich auf den künftigen Ehemann. Doch nicht Lydia und auch nicht Lies.

Es war in der Weihnachtszeit 1908, als sich wiederum die Wege von Lydia und Wilhelm kreuzten. Die junge Frau besuchte an diesem Nachmittag ihre Freundin Adelheid als unerwartet deren Vetter Wilhelm dort auf der Durchreise nach Berlin eintraf. Dies hatte leider traurige Gründe, denn der jüngere Bruder Wilhelms, Franz, war kurz zuvor bei einem Einsatz für die Schutztruppe im entfernten Kamerun gefallen. Zwar erfreut über das Wiedersehen, erlaubte es ihr jedoch die Schicklichkeit nicht, in dieser Situation länger zu stören, so verabschiedete sich Lydia bald für den Weg nachhause zu den Eltern. Und auch für ihn eine seltsame Situation – so viel Leid über die kürzlich erhaltene Nachricht des Todes des geliebten Bruders, andererseits die Freude über das unerwartete Wiedersehen mit Lydia. Und nun war sie schon wieder entschwunden und seine Reise zu den Eltern sollte am folgenden Tag fortgesetzt werden. Vorbei – oder nicht? Rasch fasste er den kühnen Entschluss, eilte ihr forschen Schrittes nach, hatte sie bald eingeholt und fragte:

»Ich darf Sie nach Hause bringen?«. Etwas, das ihrerseits mit Freude angenommen wurde, wobei weniger die Begleitung an sich als die Person dieses Gefühl hervorbrachte. Und doch waren sie beide gefangen in dem, was in ihnen war, in dem, was sich ereignet hatte, was sich anbahnte, möglicherweise. Sie fanden keine Worte zueinander, er beschäftigt mit sich, mit dem Leben, das so rasch zu Ende sein konnte, mit dem Glück des unerwarteten Zusammentreffens, sie hingegen mit viel Mitgefühl ahnend, dass ein ungeschicktes Wort jetzt manches zerstören konnte. So blieb sie ebenso stumm und schicklich zurückhaltend, während beider Weg allzu rasch sein Ziel erreichte. Was tun? Ehe Peinlichkeit beide berühren konnte, fasste der junge Leutnant allen Mut zusammen und drückte der Angebeteten einen Kuss auf die Wange und war im nächsten Moment, die Stufen hinab, enteilt. Fassungslos und empört blieb Lydia zurück, Tränen flossen vor Enttäuschung.

Und doch wusste Wilhelm natürlich was er sich wünschte, was sich gehörte und was nun nötig war: in einem Brief offenbarte er sich ihr, den hielt sie am folgenden Tag glückselig in den Händen und war nun Wilhelms Braut!

Später wurde auch formvollendet bei den Brauteltern um die Hand der glücklichen Tochter angehalten und im August 1909 wurde Hochzeit gefeiert. Ihr Vater höchst persönlich nahm in »seiner« Kiliani-Kirche zu Höxter die Trauung des jungen Paares vor, die große Verwandtschaft beider Familien feierte im Kasino ein rauschendes Fest.

Die Hochzeitsreise war das Geschenk der Eltern aus Berlin, die damit ihrem ältesten Sohn einen Herzenswunsch erfüllten: seiner Braut die geliebte Bergwelt der Schweizer Alpen zu zeigen. Im mondänen Interlaken, inmitten der glitzernden Berggipfel, verbrachten die beiden eine herrliche Zeit voller Zauber und Glück.

Und obwohl im Anschluss daheim in Detmold der militärische Dienst nun wieder zum Manöver rief, gab es auch so viel Neues in beider Leben: das Glück der gemeinsamen Wohnung, nicht irgendwo, sondern im allseits bewunderten »Sinalco-Haus« am Bahnhof. Lydias Mutter hatte die Wohnung zur Ankunft des Paares liebevoll mit reichem Blumenschmuck hergerichtet. Und am ersten Morgen überraschte die extra angetretene Militärkapelle mit ihrer Musik vor dem prachtvollen Eingang der Villa. »Großer Gott wir loben Dich«, ertönte und drückte die Dankbarkeit Wilhelms über sein Glück vollendet aus. Er hatte Tränen in den Augen, als er den Kameraden gegenüberstehend und, die geliebte Frau am Arm, den Klängen lauschte.

Es war eine gleichsam fürstliche Wohnung, die Veranda führte in den bereits angelegten Garten. Doch Wilhelm war es in seiner Freude an allem, was wachsen konnte, auch ein Herzenswunsch, selbst zu graben und vielerlei Blumen und Sträucher zu setzen: endlich ein eigener Flieder, herrlich duftende Nelken und schließlich Rosen! Das Leben schien perfekt und verhieß so viel für die Zukunft. Das gesellschaftliche Leben in Detmold verlangte viele Einladungen und Gegenbesuche, doch es erfüllte beide auch mit Stolz, sich und das erreichte Glück zu zeigen.

Beim ersten gemeinsamen Weihnachtsfest ließ es sich Wilhelm nicht nehmen, mit fast kindlicher Freude, selbst den ersten eigenen Baum zu schmücken, wie damals zuhause bei seinen Eltern und den Brüdern sollte er aussehen. Lydia war überrascht, wiederum eine neue Seite an ihrem Mann zu entdecken, als sie nun sah, mit welcher Liebe er all die bunten Kugeln, Ketten und Geflimmer an dem Baum arrangierte.

Den Weihnachtstag verbrachte man mit Lydias Familie in Höxter, dort gab es eine große Edeltanne, die streng nach altem Muster geschmückt wurde, ganz anders, aber ebenso märchenhaft wie das Bäumchen daheim. Es war zusammen mit Lydias zahlreichen Geschwistern eine große Gemeinschaft, und gemeinsam nahmen sie teil an dem vom Vater gehaltenen Lichter-Gottesdienst in aller Frühe. Später ließen sie sich den wunderbaren Gänsebraten schmecken und saßen gemütlich beim traditionellen Butterkuchen zusammen. Es war pures Glück!

Und als die beiden später wieder allein heimwärts nach Detmold rollten, war es ihnen, als wenn es ihnen folgen würde, es ließ gar nicht mehr nach, dieses pure Glück.

Konnte es gar noch wachsen? Im Frühjahr 1910 war Wilhelm zum Regiments-Adjutanten ernannt worden, eine neue prestigereiche Stufe in seinem Berufsleben. Am frühen Morgen mussten nun schon vor dem Frühstück die Pferde bewegt werden. Nach einem kurzen Frühstück brachte dann bereits um kurz vor acht die Ordonnanz die erste Post zur Durchsicht ins Haus. Im Regimentsbüro warteten wenig später Besprechungen und Aufgaben des Tages auf ihn, den jungen Oberleutnant.

Selbst das vierwöchige Manöver im April auf dem Truppenübungsplatz in der Senne konnte sein Glück nicht trüben: was gab es Schöneres, als in der verschwenderisch blühenden Natur seinen Beruf ausüben zu dürfen. Die Kriegsübung war ja zeitlich begrenzt.

Ihr gemeinsames Glück wuchs tatsächlich noch beträchtlich: Ende Juni wurde ein Sohn geboren und beide waren hingerissen von dem Gefühl, nun wirklich eine Familie zu sein. Der Vater hielt den kleinen Jungen im Arm, trug ihn beseelt vor Freude durch das Zimmer und immer wieder musste er es aller Welt mitteilen: »ich habe das schönste Kind auf der Welt.«

Die neue Großmutter reiste aus Höxter an und war eine willkommene Unterstützung in den ersten Wochen und bald hatte man sich in das Leben als Familie eingerichtet. Eine Küchenmagd führte unter Lydias Aufsicht den Haushalt und wenig später wurde auch ein Kindermädchen engagiert. Und nicht zuletzt gehörte der Bursche Tölle zum Haushalt, der sich um den neu erstandenen Wagen und die beiden Pferde kümmerte.

Zwei Jahre später erklomm Wilhelm eine weitere Stufe seines Berufslebens, die Ernennung zum Brigade-Adjutanten. Damit war dann allerdings der Abschied von Detmold verbunden, man zog nach Halle an der Saale.

Nach einigen Rückschlägen mit Ungeziefer in heruntergekommenen Häusern mietete man dann doch lieber in einem Neubau eine schöne Wohnung und die kleine Familie lebte sich nun ein in der fremden Umgebung.

Bald war auch ein Schrebergarten gepachtet, in dem wieder gegraben und gepflanzt wurde.

Und wenig später stand schon wieder eine große Freude ins Haus: Im Januar 1914 wurde ein kleines Mädchen geboren. Ein weiteres Mal war Wilhelm voller Glück. Doch war kaum Raum dafür, sich daran zu erfreuen. Hilfsbereite Geister scharten sich um die junge Mutter, die Großmutter kam sogleich angereist und eine Pflegerin wurde eingestellt. Seine Frau in vielerlei guten Händen wissend, zog es den jungen Vater nun trotz Winterkälte in die Natur, er nahm seinen Schlitten, um in der geliebten Bergwelt auf dem Harzer Brocken im tiefen Schnee sein Glück zu bejubeln.

Die ersten Wolken zogen nach Ostern auf: es war dienstlich eine lange Reise angesetzt. Als Adjutant, seit Herbst 1913 zum Hauptmann befördert, musste Wilhelm seinen neuen Regimentskommandanten Oberst von Trautmann begleiten.

Lydia erlaubte sich, den 34. Geburtstag ihres geliebten Mannes um sechs Tage vorzuverlegen und präsentierte ihm am letzten Tag vor der Abreise einen liebevollen Gabentisch. Mit ungutem Gefühl nahm Wilhelm die Glückwünsche an, »Geburtstage soll man nicht vorfeiern«. Eine Vorahnung der kommenden Ereignisse des Jahres?

Viele Wochen später zu Pfingsten war dies vergessen, Lydia reiste mit den Kindern, begleitet vom Kindermädchen nach Berlin. Dort traf die Familie für die Festtage bei den Schwiegereltern wieder zusammen. Sophie hatte für den Besuch ihres Sohnes mit seiner Familie die prachtvolle Wohnung in Charlottenburg mit Maiengrün geschmückt. Am festlich gedeckten Esstisch ließ man sich nieder zu leckerem Kalbsbraten. Sogar der jüngere Bruder Herbert, ebenfalls Soldat, hatte kommen können. Der alte Oberstleutnant genoss es, beide ihm verbliebenen Söhne um sich zu haben. Aber auch wenn er mit Stolz auf deren Erfolge ihrer militärischen Laufbahn blickte, war dies ein Familienfest, da wollte er sie nicht in der Uniform sehen.

Die Großeltern, das junge Paar, das kleine Fränzchen, jetzt vier Jahre alt, sein neugeborenes Schwesterchen und schließlich der junge Onkel, alle freuten sich über die Zeit miteinander. Das schöne Wetter erlaubte es sogar, dass das junge Paar ein wenig kostbare Zeit für sich allein hatte. Bei einer romantischen Bootsfahrt ruderte Wilhelm Lydia über den benachbarten Lietzensee, derweil die Großeltern den Nachmittag mit den Enkelkindern verbrachten. Sie alle ahnten es nicht, sie würden zum letzten Mal gemeinsam gefeiert haben.

Ein paar dunkle Wolken hatte es 1914 in Europa schon gegeben, Gerede vom erstarkten Deutschland hier und da, aber eine so lange Friedenszeit, über 40 Jahre, hatten sie alle lange nicht erlebt. Es erschien selbstverständlich, dass es so weitergehen würde. Niemand würde doch riskieren, dies und den allgemeinen Wohlstand überall zu gefährden. Das Ereignis vier Wochen nach dem schönen Pfingstfest, der Anschlag von Sarajevo, bei dem das österreichische Thronfolgerpaar erschossen worden war, brachte zwar Unruhe, aber immer noch ahnte niemand, welche Wende der gesamten Welt bevorstehen würde.

Wilhelm kehrte am 1. August wie geplant zurück nach Halle zu seiner kleinen Familie. Sie befürchteten es wohl, was dann tatsächlich kam: der Befehl zur Mobilmachung. Zuviel Spannung hatte in der Luft gelegen und alle Versuche, doch noch zu einer Einigung zu kommen, waren immer wieder gescheitert, als wenn alle doch nur diesen Weg gewollt hatten: Krieg. Just an diesem 1. August reagierte der deutsche Kaiser seinerseits auf die Kriegserklärungen und Mobilmachungen der Länder Europas. Dem jungen Paar blieben noch 10 Tage bis zum nächsten Abschied.

In einem vorerst letzten Brief an seine Eltern schrieb er ihnen noch rasch Nötiges zu Vollmachten und Briefverkehr. Das Herz übervoll schloss er mit den Worten:

»In Liebe viele, viele Grüße, liebe Eltern. Ich hoffe auf ein Wiedersehen auf dieser Erde. Ein Euch innig liebender, dankbarer und treuer Sohn Wilhelm.

Am Abend des letzten Tages, ein Sonntag, gingen sie gemeinsam in die Kirche zum Gottesdienst, könnte doch ein Gebet helfen und Schutz geben.

In aller Frühe am nächsten Morgen nahm Wilhelm seine kleine Tochter ein letztes Mal auf den Arm und küsste sie zärtlich. Lydia begleitete ihren Mann noch bis zum Bahnhof und auch der kleine Franz durfte mit. Tränenreich war dort schon der Abschied von Tölle, dem Pferdeburschen, den alle gern hatten und der fast zur Familie gehörte. Er würde mit den drei Pferden im hinteren Teil des Zuges reisen. Innerlich voller Spannung, der man nach außen kaum Ausdruck geben mochte, umarmten sich Lydia und Wilhelm ein letztes Mal. Kurz vor der

Abfahrt sprang Wilhelm noch einmal aus dem Zug und nahm seinen kleinen Jungen ein letztes Mal in den Arm.

»Mach Mutti viel Freude«, er gab ihm einen letzten Kuss und riss sich los, um nun endlich einzusteigen, in den Zug Richtung Frankreich.

Ein tiefer Seufzer entfährt ihm, als er jetzt daran zurück denkt.

»Was der kleine Kerl jetzt wohl macht?«, fragt er sich. Und würden bei der kleinen Anneliese schon weitere Zähnchen zu sehen sein?

Sie waren so erfolgreich gewesen. Solange sie an dem vom Generalstab erarbeiteten Plan festgehalten hatten. In den ersten Wochen auf ihrem Marsch durch das neutrale Belgien war die 1. Armee zusammen mit den anderen Truppenteilen siegreich vorangekommen, bereits am 20. August hatten sie Brüssel eingenommen. Dann ging der Marsch von Sieg zu Sieg weiter bis sich schließlich Anfang September an der Marne das Blatt wendete.

Vom vorgefassten Aufmarschplan abweichend hatten sich zu große Lücken der einzelnen Verbände aufgetan, die die französische Armee mit einer neuen Strategie zu nutzen wusste. Bei den heftigen Kämpfen in den ersten Septembertagen, nur noch 20 km östlich von Paris entfernt, erlitten die deutschen Truppen der 1. und 2. Armee überraschende Niederlagen. Um zu verhindern von den Franzosen eingekreist zu werden, befahl schließlich auch Generaloberst von Kluck für die 1. Armee den Rückzug nach Norden. Wilhelms IV. Reservekorps lagerte bei Nouvron, nördlich der Aisne. Alle Verbände waren erschöpft von den Gefechten und den langen, kraftraubenden Märschen der letzten Wochen. Zudem hatten sie erfahren müssen, dass die Versorgung mit allem, was nötig war, sich mittlerweile sehr störanfällig entwickelt hatte. Auch dies ein Sieg in den Bemühungen des Gegners.

Und natürlich ging auch hier der Krieg unermüdlich weiter, die Front hatte sich nur verlegt. Auch wenn sein IV. Reserve Korps die Höhen hier bei Nouvron »nur« halten sollte.

»So war das nicht geplant«, immer wieder gehen dem Hauptmann diese ernüchternden Gedanken durch den Kopf. Sein erster Einsatz in einem wirklichen Krieg, immerhin ist es sein Beruf. Einen Orden, das Eiserne Kreuz 2. Klasse hat er vor einigen Tagen erhalten für seinen Einsatz in den bitteren Tagen der Marne-Schlacht. Der Gedanke daran erfüllt ihn mit Stolz, aber längst nicht mehr mit Freude. Und nun liegen sie hier, 30 km zurückgeworfen. Es sollte doch alles ganz schnell gehen. Wie viele hatten gelacht und gesagt »Weihnachten sind wir wieder daheim.« Danach sieht es jetzt nicht aus.

Er hat seinen Beruf immer ernst genommen, wollte doch immer gerne so erfolgreich sein wie der Vater und pflichtbewusst seinem Land dienen. Doch jetzt träumt er sich zu Lydia, zu seinen Kindern, in seinen Garten, in das Leben, das er noch viel mehr liebt, als seinen Beruf.

Wenig später an diesem Sonntag-Morgen folgt er dem Befehl seines Kommandeurs, die kurze Strecke hinunter zur Aisne nach Fontenoy zu gehen und dem dortigen Kommandanten wichtige Unterlagen zu übergeben. Er verstaut die Weisungen in seiner Kartentasche und macht sich auf den Weg, vor sich die weite Ebene mit den Wiesen und Feldern.

Zwei Tage später setzt sich Generalmajor von Wienskowski nieder, um einen Brief zu schreiben. Es liegt ihm am Herzen und doch ist es ihm sehr bitter.

Daheim in Deutschland geht das Leben nach der Abreise Wilhelms fast weiter wie vorher. Nach ein paar Tagen waren auch die Züge wieder für die Normalbevölkerung freigegeben worden. Lydia nutzt dies sogleich. Sie hält es allein in der fremden Stadt Halle nicht aus und bringt die beiden Kinder zu ihren Eltern nach Höxter. Es sind die ersten Oktobertage, als sie dann in Berlin bei den Schwiegereltern eintrifft. Man hofft dort auf weitere Neuigkeiten nach den ersten Nachrichten vom verwundeten Herbert, gekritzelt auf Papierfetzen.

Der Brief des Generalmajors, adressiert an den Vater, trifft am folgenden Tag ein und macht alle Hoffnungen zunichte:

»Ihr tapferer Sohn ist am 20. d. Mts. bei Fontenoy den Heldentod gestorben …. In der kurzen Zeit, in der ich mit Ihrem Sohn zusammen gearbeitet habe, habe ich erkannt, welche vortrefflichen Eigenschaften des Herzens und Charakters der Dahingeschiedene besaß und wie leicht er die Zuneigung Fremder erwerben konnte; ich kann mir daher denken, wie sehr seine Familie mit ihm verwachsen war und wie groß die Lücke sein wird, die sein Fehlen veranlaßt. Eine Benachrichtigung der Witwe darf ich wohl von Ihnen erbitten…

Das ist ja nun geschehen, denkt Lydia. Sie nimmt kaum die nun folgenden, lobenden Worte über ihren Mann auf und die Beschreibung dessen, was geschehen ist. Vermutlich. Denn letzte Klarheit bringen die Zeilen nicht. Er war an jenem Sonntag-Morgen nicht zurückgekehrt zu seiner Brigade. Der Kommandeur behielt die Hoffnung, dass er sich dennoch »heranfinden« möge. Einen Tag später brachte man die Kartentasche des Vermissten; Soldaten des Nachbarregiments hatten sie »einem gefallenen Offizier« abgenommen. Mehr erfährt sie nicht, sie weiß nicht wo, sie weiß noch nicht einmal, ob es das überhaupt gibt, ein Grab.

Lydia kehrt zurück zu ihren Eltern nach Höxter. Dort bleibt sie zusammen mit ihren Kindern, umsorgt von ihren Eltern und der Schwester, bis hinein in das folgende Frühjahr.

Für den vierjährigen Franz ist es rätselhaft, er weiß, der Vater wird nicht zurückkehren, was das bedeutet, kann er nicht ermessen. Er erlebt nur die grenzenlose Trauer seiner Mutter und er versucht alles, sie zu trösten. Die Mutti hätte doch noch ihn und das Schwesterchen versichert er ihr immer wieder.

Es bleibt ihr eine letzte Feldpostkarte Wilhelms, die abschließenden Worte darauf, geschrieben drei Tage vor seinem Tod, lauten: »*ich küsse Dich und die Kinder und will leben*«.

Im Frühjahr kehrt Lydia zurück in die Heimat ihres Mannes, nach Detmold. Der alte Oberstleutnant hat für sie und seine Enkelkinder ein Haus erworben. Dort beginnt sie ihr neues Leben als Witwe, da ist sie gerade 32 Jahre alt. Zwar gibt es viel Unterstützung durch ihre Familie, ihr Vater schenkt ihr einen Hund und schreibt ihr liebevolle Briefe. So sind sie gemeint und doch hilflos mit des Pfarrers Worten:

»… das Los, das Gott Dir auferlegt hat, kann doch nur von ihm gemildert werden …

Er versüßt doch alles Leid, er nimmt ihm die Härte, wenn wir uns ihm ans Herz werfen, das so warm für uns schlägt, daß er uns ersetzen will reichlich, was wir verloren …

Aber nur zu ihm hin, zu ihm in unseren Gebeten, denn wir kennen und haben ihn nicht, solange wir keinen Gebetsverkehr mit ihm pflegen.

Wie gerne möchte ich Dir mittheilen was ich habe, aber dieser Besitz muß selbst errungen werden. Aber dieser Besitz macht reich, macht stark und getrost.

Gott gebe Deinem Herzen viel Gnade, viel Friede und Kraft…«

Immerhin sind ihr seine, für sie als seine Tochter nur allzu bekannten Worte, Heimat. Sie fühlt darin seine unerschütterliche Glaubenskraft und das ist ja auch schon etwas.

Ihr Bruder Theo kommt aus Bielefeld oft herüber, versucht dann, wenigstens als Onkel für die Kinder eine Vaterfigur zu sein. Doch das ist nicht das Leben, das sie erträumt hatte.

Sie trauert, das darf sein, das ist akzeptiert, sie hat ihren Mann gegeben im Krieg für das Vaterland. Für die Wut über ihr Schicksal bleibt kein Raum, die findet nur unterirdisch statt, im Keller, verborgen vor den Augen der Welt. Manches Mal ist sie so wütend auf den Sohn, sie weiß gar nicht woher das dann kommt. Sie ist so ungeheuer allein mit allem, dann greift sie zum Gürtel und schlägt zu.

Der Krieg dauert an. Im folgenden Jahr verlieren die Schwiegereltern in Berlin auch noch den jüngsten Sohn, der letzte Bruder Wilhelms fällt ebenfalls in Frankreich, da ist er gerade erst 25 Jahre alt.

Lydia war dem Schwager nicht oft begegnet, sie hatten sich nur wenige Jahre gekannt und waren nur bei seltenen Familientreffen aufeinander getroffen. Auch Herbert hatte den Beruf des Soldaten gewählt. Für das Vaterland! Lydia kann es nicht mehr hören. Wird der Tod eines geliebten Menschen dadurch besser? Kann der Verlust des Ehemanns mit diesem Zusatz einen Sinn ergeben? Und wie mag es Sophie, ihrer Schwiegermutter erst gehen? Diese hat nun drei Söhne verloren. Keines ihrer Kinder lebt mehr.

Die folgenden Jahre werden kaum leichter. Mit dem Ende des Krieges, erst drei Jahre später, ändern sich die Zeiten und mit ihnen die Gewohnheiten so rasch, das man es kaum für möglich hält. Kein Kaiser mehr, der Fürst hält nur noch für sich privat Hof in seinem Schloss. Pferdekutschen weichen motorisierten Wagen auf den Straßen und die Röcke der Frauen werden unanständig kurz getragen. Für prachtvolle Kleider und Kutschfahrten ist kein Geld mehr da. Und wem geht es noch so gut, Pferdeburschen, Köchinnen und Küchenmägde zu bezahlen?

Nicht nur Deutschland als angeklagter Verlierer des Kriegs hat mit den Folgen zu kämpfen. Ganz Europa ist im Umbruch, überall herrscht Unruhe, Armut und Hunger. Und Lydia mit ihren kleinen Kindern mittendrin. Zwar ist sie versorgt mit ihrem Haus, aber die

Unsicherheit was wird, ist dennoch groß. So ist für sie 1921 die Heirat mit einem 16 Jahre älteren, verwitweten Pastor ein Ankommen in einer neuen Sicherheit, in geordneten Bahnen. Und als Frau des Konsistorialrats hat sie wieder eine geachtete Position in Detmolds Gesellschaft.

Der Krieg hat ihr Leben zerteilt, die Zeit davor ist vorbei. Und nun hat sie auch den Nachnamen, der noch daran erinnerte, abgelegt. Sie wohnt auch nicht länger in dem Haus, das der Schwiegervater gekauft hatte. Die ansehnliche Villa des Konsistorialrats in beinahe bester Lage ist nun ihr Zuhause. Äußerlich sind alle Spuren des Davor getilgt. Lydia bewahrt einen kleinen Rest davon, tief in ihrem Herzen: »Ich war meinem Mann nie untreu«, sagt sie. Und meint damit selbstverständlich Wilhelm. Und kurz vor ihrem Tod, als sie endlich Erinnerungen an ihn verfasst, schreibt sie diese »*voller Dank an die schönsten und reichsten Jahre meines Lebens*«.

Fünf Jahre waren es, die das Paar zusammen erleben durfte. Für Lydia begann danach ein neues Leben mit ihren Kindern. Wilhelms Leben hingegen war vorbei, beendet auf einer Landstraße in Frankreich, da war er 34 Jahre alt.

34

II

*K*önnte ich ihre wundervoll zarte Haut doch nur berühren, könnte ich jetzt doch nur bei ihr sein, dann wäre alles gut.«

Das Foto in seinen Händen hatte schon sehr gelitten in den letzten Monaten. Mittlerweile hatte ihn das Kriegsgeschehen, jetzt im heißen Sommer 1944, mit seinem Regiment nach Bessarabien, dem heftig umkämpften Teil Rumäniens, verschlagen. Schlimme Wochen lagen hinter ihnen mit schweren Kämpfen im Juni und Juli.

Allzu oft hatte er das Bild aus der ledernen Hülle genommen, die das kostbarste, was er derzeit besaß, schützen sollte. Er hatte es mit einer Intensität betrachtet, als wenn er darin verschwinden könnte, gleichsam wie durch einen Sog zu ihr gezogen. Isa, seine kleine tapfere Frau. Auf wundersame Weise war der Teil des Fotos mit ihrem Gesicht noch vollkommen unversehrt. Ihre Augen blickten ihn so lebensfroh an. Und auch wenn er nicht mit ihr sprechen konnte, spürte er ihren sprühenden Geist und ihren Optimismus, mit dem sie ihn stets aufheiterte. Bei ihr hatte er ein Zuhause gefunden. Nur er wusste, dass er mit seiner ernsthaften Seite ihr Fels in der Brandung war, denn kaum jemand ahnte, welch sensibles Wesen sie hinter der vergnügt-geistreichen Maske verbarg.

In Königsberg, Ostpreußen, hatte er sein Glück gefunden. Nie hätte er gedacht, dass man so lieben könnte, dass es tatsächlich einen Menschen geben könnte, mit dem er sich so eins fühlen könnte.

Seine Gedanken wanderten weiter, zurück zu seinen Eltern in der Reichshauptstadt Berlin. Glücklicherweise hatten sie immer am Rande der großen Stadt gelebt. Lankwitz, den Bezirk im Süden Berlins an der Grenze zu Lichterfelde, konnte man eigentlich eher als Kleinstadt verstehen. Beschaulich war er groß geworden in dem villenähnlichen, großen Haus, in dem sie die erste Etage bewohnten.

Streng war es zugegangen daheim, das war wohl dem Militär geschuldet. Die alte Preußische Kadettenanstalt Lichterfelde war nur wenige Kilometer entfernt, dort hatte der Vater Dienst geleistet, für viele Jahre verpflichtet. Das Militärische war ihm, dem Sohn, daher vertraut, er schöpfte heute in seinem Soldaten-Alltag aus dem, was er damals aus den Erzählungen des Vaters gehört hatte. Auch wenn er dies im Einzelnen kaum benennen konnte, erschien es ihm jetzt wie eine Art unsichtbare Matrize, an die er anknüpfen konnte. Der Vater hatte am Ende seiner Dienstzeit, lange vor dem Krieg, als Hauptmann der Reserve das Militär verlassen und war heute Kopf eines kleinen Unternehmens. Aber Ernsthaftigkeit und Disziplin waren geblieben.

Seltsam freudlos war es zugegangen in der Familie. Liebe hatte er viel eher von seiner wunderschönen, ein Jahr älteren Schwester erhalten. Die Mutter war unerreichbar geblieben, ihre gefühlvollen Augen waren selten auf ihn gerichtet gewesen, hatten immer irgendwo in die Ferne geblickt.

»Es gibt nichts Neues« Er schrak zusammen, hatte versunken in Gedanken gar nicht gehört, dass Abel sich genähert hatte und sich nun neben ihm niederließ. Adolf Abel war einige Jahre jünger als er, doch als Berufssoldat und Oberstleutnant sein Vorgesetzter.

»Generaloberst Frießner kann nichts machen, es bleibt bei Hitlers Befehl, die Gebiete in Rumänien zu sichern. Das hat mir Generalleutnant Postel gerade übermittelt. Schöne Scheiße.« Abel ließ sich neben ihm nieder und fuhr fort:

»Das ist nur wegen der Ölfelder. Aber vielleicht stimmt es ja diesmal, was das OKW sagt, dass die Roten ihre Kräfte abziehen und wir erstmal Ruhe haben vor größeren Angriffen.«

Er schwieg, was sollte er dazu sagen, sie wussten beide, dass es vermutlich eher eine Illusion war, geschürt von Hitlers Wunschvorstellung, das Ruder möge sich noch wenden. Und das Oberkommando der Wehrmacht, kurz OKW, brachte nichts weiter zustande, als dem Führer nach dem Mund zu reden. Es war aber auch nicht leicht, da dieser jeglicher Kritik äußerst streng begegnete. Kaum jemand wollte Gefahr laufen, seine Position zu verlieren. Das war ja auch innerhalb der Truppe nicht anders. Überall begegnete man immer noch fanatischen, parteitreuen Untertanen, die rasch dabei waren, einen anzuschwärzen bei gleichfalls eingestellten Vorgesetzten. Jegliche unvorsichtige Rede konnte ernste Folgen haben.

Schweigend saßen sie nebeneinander auf der hölzernen Bank vor der Hütte, in der sie ihr Quartier bezogen hatten. Die Hitze des Tages hatte sich ein wenig verzogen, dann und wann brachte eine Windböe angenehme Kühlung. Ein Jahrhundert-Sommer sagte man.

Wie würde er daheim in Königsberg, Ostpreußen, den morgigen Sonntag wohl verbringen? Vielleicht würden sie einen Ausflug nach Rauschen, dem Seebad an der Ostseeküste machen, dort könnte die größere der beiden Töchter am Sandstrand spielen, die kleine war ja gerade erst zwei Jahre alt. Er hatte die beiden im letzten Jahr kaum gesehen. Als Jurist und Reichsbahnoberrat war er gottlob lange Zeit UK, unabkömmlich, gestellt gewesen. Ein gutes Jahr war es nun her, dass man ihn dann doch eingezogen hatte.

Nun war er also Leutnant im 570. Grenadier-Regiment. Das Soldatenleben war ihm fremd, trotz der Erinnerung an das eine Gefreiten-Jahr, damals noch vor dem Studium. Aber das war eine ganz andere Welt gewesen, eine ganz andere Zeit. Und damals hatte es noch Reichswehr und nicht Wehrmacht geheißen. Nein, dies war nicht sein Leben, ganz und gar nicht. Literatur, Bücher über Geschichte und das Musizieren mit der Harmonika gemeinsam mit dem kleinen Bruder das war seine Welt. Wie war er froh gewesen mit dem Studium in München dem strengen Elternhaus zu entkommen.

Und wie hätte er ahnen können, dass ausgerechnet das Pflichtsemester im Ostteil des Reiches ihm dann sein Lebensglück bringen würde: Luise, diese zauberhafte kleine Frau. In Königsberg, hatte er eine neue Familie gefunden, feingeistige Menschen wie er es war. Er mochte und bewunderte Isas Vater, Jurist wie er selbst, ein Beispiel von Integrität. Der hatte damals sogar seinen Bürgermeisterposten in Marienwerder aufgegeben, weil er die lokalen Kungeleien nicht länger decken mochte. Und Mama Emilie war die Herzensgüte in Person. Dort in Königsberg bei diesen herzlichen Menschen voller Geist und Natürlichkeit konnte er loslassen und war angekommen.

Unwillkürlich tauchten jetzt Bilder aus der Erinnerung auf: er langgestreckt auf dem Sofa, Isa über Eck liegend, ihr Kopf auf seiner Brust ruhend. Sie hatten einander vorgelesen: Gedichte von Rilke oder Erzählungen quer durch die deutsche Literatur. Später befeuerten sie sich gegenseitig mit ihren Gedanken darüber oder schwiegen ergriffen mit Tränen in den Augen. Dann waren sie eins, so nah beieinander wie man nur sein kann.

Im März 1936 hatte er sie schließlich heiraten dürfen, noch vor seinem Assessor-Examen, entgegen dem ursprünglichen Wunsch seiner Eltern. Und obwohl sie, die so strahlend bezaubernde, ganz und gar weibliche, kleine Frau mit ihrem Wesen alle um sich herum in ihren Bann schlug, hatte sie ihn gewählt. Das war sein großes Glück gewesen.

Wie hatte sie hinter seinen vorgeschobenen Charme schauen können, mit dem er so viele anzog und der ihm half, die grauen Wolken im seinem Inneren zu verdecken und zu vertreiben. Vielleicht waren sie sich ähnlicher, als er zu Beginn hatte ahnen können. Er wusste jetzt, wie verletzbar sie in ihrem Inneren eigentlich war, welch große Sensibilität sie hinter ihrem fröhlichen Äußeren verbarg.

Er durfte dahinter schauen, ihm hatte sie es gestattet, hatte ihr Innerstes geöffnet, mit dem sie die Welt betrachtete, und ihn daran teilhaben lassen, an diesem unendlichen Meer von Gedanken, Gefühlen, Erlebnissen, Betrachtungen. Hier begegneten sie sich, hier konnte auch sie ihn finden, denn dieses Meer im Inneren war ihm nur zu gut bekannt und vertraut. Und doch konnte er auch ihr Fels sein mit seiner Fähigkeit kühl, klar und doch immer wohlwollend diplomatisch abzuwägen und der vom Vater vermittelten Disziplin. Auch das war ihm bewusst.

Sie hatten alles gehabt, trotz des Krieges, der im Osten anfangs kaum zu spüren war. Eine verheißungsvolle Zukunft hatte vor ihnen gelegen, zwei Töchter hatten ihr Leben bereichert. Sein Einberufungsbefehl hatte ihr schönes Leben jäh beendet. Jetzt blieb nur noch die Hoffnung auf ein gutes Ende.

Sein Blick glitt über die flache Landschaft, die vor ihnen lag. Die Sonne würde bald untergehen und ließ jetzt alles um ihn herum in einen leuchtenden Orangeton erstrahlen. Unwirklich schön, dachte er, gemessen an der beklemmenden Realität.

Und doch sehnte er sich viel eher nach den Wäldern Ostpreußens, wünschte sich an den Strand der Kurischen Nehrung, wo sie wenige Jahre zuvor unbeschwerte Sommertage verbracht hatten. Ein tiefer Seufzer entfuhr ihm, Abel richtete sich neben ihm auf, einen Augenblick lang spürte er tröstlich dessen schwere Hand auf seiner Schulter, dann schlenderte der Oberstleutnant davon zu den Quartieren der restlichen Soldaten des Regiments.

Wieder zog er das kostbare Bild hervor und betrachtete es nun mit wachsender Sorge: wie mochte es ihr ergehen in dieser unwegsamen Zeit. Kam sie zurecht, allein mit den beiden Kindern? Wenigstens wusste er sie in der Unterstützung ihrer Eltern. Ahnte sie wie ausweglos die Situation tatsächlich war? Wenn er ihr doch nur sagen könnte, dass sie fliehen sollte, so rasch wie möglich. Aber wie sollte das gehen mit den beiden kleinen Mädchen? Er zog das zweite Bild hervor, zwei so unschuldig blickende hellblonde Wesen sahen ihn an. In zwei Monaten würde er 34 Jahre alt werden. Würde er sie noch einmal wiedersehen?

An diesem Abend, es war der 19. August 1944, ahnte er noch nicht, dass schon wenige Stunden später, im Morgengrauen des nächsten Tages die Sowjets mit ihrem überraschenden, massiven Angriff den Beginn der später legendären Offensive in Bessarabien starten würden. Sie übernahmen dabei die zu Beginn des Krieges so erfolgreiche Taktik der deutschen Wehrmacht: überraschende Angriffe und Einkesselung. Auch das XXX. Armeekorps mit dem 570. Grenadier-Regiment geriet unter Druck. Sechs Tage später waren die überlebenden Soldaten im Kessel gefangen, drei weitere Tage später waren 100.000 deutsche Soldaten gefallen, die gleiche Anzahl geriet in Kriegsgefangenschaft. Und bis zum Abtransport in die Lager Russlands war jeder zweite von ihnen bereits gestorben.

»Mutti, Mutti, der Briefträger war da! Vielleicht hat er heute einen Brief gebracht mit einer Nachricht von Vati.«

Das kleine Mädchen hüpfte aufgeregt durch das Zimmer. In der zierlichen Frau, die nun ihre Stopfarbeit beiseite legte und aufstand, war viel weniger Aufregung als in der Tochter. Zu oft schon hatte sie diesen Augenblick erlebt, zu lange schon wartete sie auf eine Nachricht, die der Ungewissheit ein Ende machen würde.

Doch auch heute gab es keinen Brief vom Suchdienst des Deutschen Roten Kreuzes. Es war so zermürbend, dieser Wechsel von Hoffnung und Enttäuschung. Und am Ende blieb es doch jedes Mal weiterhin bei der Frage: was war geschehen? Was war ihm widerfahren, ihrem geliebten Mann, dem Vater ihrer beiden Töchter?

Es war ihr bewusst, eigentlich durfte sie sich kaum beklagen. Sie hatte so viel Glück gehabt in jenen schweren Jahren. Erst die massiven Luftangriffe im Sommer 1944 auf Königsberg, die sie überlebt hatten. Tagelang hatte die Stadt danach gebrannt. Im Herbst hatte sie sich dann zusammen mit anderen auf den Weg nach Westen gemacht. Kolberg an der westpommerschen Ostseeküste war ihr Ziel gewesen, das sie glücklich erreicht hatten. Die Stadt mit ihren zahlreichen Kasernen und dem Fliegerhorst versprach doch eine gewisse Sicherheit. Im November 1944 hatte Hitler die Stadt als Festung proklamiert, wie ein magischer Bannstrahl hatten seine Worte wirken sollen, auf die Bevölkerung, die eigenen Soldaten und den Gegner. Doch das war längst Illusion. Schon im Januar 1945 wurde es immer gefährlicher. Die sowjetische Armee näherte sich rasch, schob eine Lawine von Flüchtlingen vor sich her. Bald drängten sich 70.000 Menschen in der kleinen Stadt, doppelt so viel wie zu Beginn des Krieges. Und alle hatten jetzt den Wunsch, über die Ostsee die

Stadt verlassen zu können, denn der Landweg war durch den raschen Vormarsch bis zur Oder versperrt.

Wiederum mit viel Glück und nur dank ihrer kleinen Kinder hatte sie es Anfang März geschafft, auf das letzte Schiff zu gelangen. Sie sieht sie noch vor sich, die beiden alten Leute, die bittend und bettelnd keine Gnade fanden und zurückgelassen wurden.

Doch war die Gefahr damit nicht gebannt, es war allgemein bekannt, dass die Ostsee von Minen durchsetzt wäre. Voller Angst und innerer Anspannung hatte Isa, auf einer Tonne kauernd, die jüngste Tochter fest zwischen ihren Beinen klemmend, die gefährliche Fahrt im eiskalten Winter bei Windstärke 10 durchgestanden. Als sie schließlich zusammen mit den anderen glücklichen den sicheren Hafen von Swinemünde, auf der deutschen Insel Usedom erreicht hatten, waren alle zu erschöpft, um Erleichterung zu spüren. Sie waren Kolberg gerade noch rechtzeitig entkommen, bevor die Stadt, nahezu verlassen, am 18. März von den Russen eingenommen worden war.

34 Jahre alt war sie da gerade gewesen, als ihr Leben zerfallen war, sie ihre Heimat hatte verlassen müssen und auf sich gestellt die Reise ins Ungewisse angetreten war. Schon seit Monaten hatte sie zu diesem Zeitpunkt keine Nachricht mehr von ihrem Mann erhalten. Aber jetzt hatte es gegolten, selbst zu kämpfen für das eigene Überleben und das ihrer beiden Kinder. Der einzige Ort, der damals Trost versprochen hatte, war eine Adresse in Bad Lauterberg gewesen, die ihr ihre Kollegen aus der Hohenzollern-Apotheke in Königsberg noch gegeben hatten. Vielleicht, so die Hoffnung damals, würde sie dort

eine Anstellung erhalten, sie musste doch Geld verdienen, jetzt wo sie allein war.

Auf dem Weg dorthin lebensbedrohlich erkrankt, auf einem Bauernhof gestrandet, wäre sie allerdings fast gestorben. Ihre beiden Mädchen waren da schon aufgeteilt worden: die größere, fünfjährige schon fast adoptiert von den Bauersleuten, die selbst keine Kinder hatten. Für die kleine, zweijährige Schwester hätten sie allerdings keinen Platz, das hatte das Paar kühl klargestellt. Letztlich war alles gut ausgegangen und sie hatten wieder Glück gehabt, als nach der Kapitulation englische Soldaten die kleine Familie in einem Panzer nach Lüneburg zum nächsten Bahnhof gebracht hatte.

Nun war also tatsächlich das beschauliche Bad Lauterberg im Harz ihre neue Heimat geworden und sie hatte wirklich in der empfohlenen Apotheke Arbeit gefunden. Der Alltag, die vielen Gespräche mit den Kunden brachten ihr Ablenkung, ein gewisses Glück und Bestätigung. Sie ließen sie für einen Augenblick vergessen, was sie verloren hatte und bedeuteten eine Pause von der Sehnsucht nach dem geliebten Mann und den Gedanken an dessen ungewisses Schicksal.

Und endlich kam dann tatsächlich der ersehnte und auch gefürchtete Brief vom Suchdienst des Deutschen Roten Kreuzes. Da waren viele Jahre voller Hoffnung und Sorge vergangen, die Töchter bereits erwachsen und aus dem Haus. Das Antlitz Luises war nicht länger jung, das Erlebte hatte Spuren gezeichnet in ihr Gesicht. Die Augen versprühten nur noch selten die in früheren Jahren so anziehende Lebenslust, zeugten jetzt viel öfter von Müdigkeit.

Die Kraft, den Brief zu öffnen, den Inhalt zu lesen, erschien ihr fast zu schwer. Viele Tage lag das Schreiben verschlossen auf der Anrichte, bevor sie dann doch den bitteren Inhalt zur Kenntnis nahm. Sie las den Brief nur ein einziges Mal und dann nie wieder.

Es war letztlich die Schwiegermutter in Berlin, die den letzten Schritt ging und ihren Sohn für tot erklären ließ. Luise war dazu nicht imstande gewesen. Und auch jener Brief vom DRK im Oktober 1969 hatte keine letzte Sicherheit geben können, was mit ihrem Mann geschehen war. 25 Jahre waren vergangen seit jenen Augusttagen im Jahr 1944.

Frau Taube macht Urlaub

Weiter, immer weiter. Weiter, immer weiter ... Puuh, ich kann nicht mehr!« Es fiel ihr langsam schwerer und schwerer, in Bewegung zu bleiben. Gleichzeitig war da dieses große Loch in ihrem Bauch, lange war sie her, ihre letzte Mahlzeit.

»Aber ich kann wirklich nicht mehr!«, dachte Frau Taube. »Wo könnte ich wohl ein wenig ausruhen?«.

Sie begann sich genauer umzusehen, schaute bald hier, bald da und erblickte plötzlich ein reichliches Buffet, das ein Fan ihrer Art aufgetischt hatte. Und schwubs, sie wusste später kaum noch, wie sie das angestellt hatte, schon Augenblicke später hockte sie sich nieder und ließ es sich schmecken. Wobei von schmecken eigentlich keine Rede sein konnte, vielmehr schlang sie in ihrer Not die ersten Brocken in sich hinein und nahm kaum Notiz von ihrer Umgebung. Das war gottlob auch nicht nötig, geringste Bewegungen und ungewohnte Geräusche hätte ihr Alarmsystem sowieso registriert und automatisch das Fluchtprogramm gestartet. Aber alles blieb ruhig, die Sonne schien, sie war allein, für sich, niemand störte ihre wohlverdiente Pause.

Frau Taube wusste hinterher nicht mehr wie es hatte geschehen können, auf einmal hatte sich doch ein anderes Wesen zu ihr auf die Terrasse vor dem Einfamilienhaus gesellt. Hatte das System versagt, sie es womöglich überhört? Wahrscheinlich war sie einfach zu hungrig und müde gewesen. Sie schalt sich ob der nachlässigen Achtsamkeit und blickte jetzt aufmerksam zu dem Wesen hinüber.

»Aah«, dachte sie, »kein Wunder, daß ich es nicht bemerkt habe. Das ist eines dieser langbeinigen, dünnen Dinger mit den federlosen Flügeln. Die sind meist freundliche Lieferanten von Köstlichkeiten, kein Problem.« Und den Kopf neigend widmete sich Frau Taube wieder ihrer Mahlzeit, denn das Loch in ihrem Bauch war noch kaum gefüllt.

Hin und wieder riskierte sie einen Blick zu dem Lieferwesen. Im Gegensatz zu Frau Taubes entfernten Verwandten in der Stadt war sie es gewohnt, den Langbeinigen in die Augen zu sehen. Feinfühlig nahm sie jetzt auf, was die Augen des langbeinigen Wesens ihr vermittelten.

»Nett, einfach nett«, dachte Frau Taube, »nein, keine Gefahr. Mein System hat mich also noch nicht im Stich gelassen, sondern war klug genug, schon vorher die Gutartigkeit wahrzunehmen. Kein Wunder, bei diesem Buffet. Na ja, vielleicht ein wenig eintönig, es gibt nur eine Speise, diese aber immerhin reichlich. Und rein zufällig meine Lieblingsspeise! Obwohl … ich weiß ja nicht, ob es für meinen riesigen Hunger reichen wird.« Als wenn es die Gedanken Frau Taubes gehört hätte, erhob sich das Wesen nun, stellte sich auf seine langen Beine, entfernte sich dann langsam, um kurze Zeit später eine neue große Portion der köstlichen Nahrung zu offerieren.

»Wie wunderbar«, juchzte Frau Taube, innerlich, denn Juchzen gehörte nicht zu ihrem gewöhnlichen Laut-Programm und sie neigte den Kopf, um sich neuerliche Stücke einzuverleiben.

So verging die Zeit und die Sonne wanderte ein gutes Stück um Frau Taube herum, ehe sie wieder einmal den Kopf hob. Das Loch in ihrem Bauch war merklich kleiner geworden, eigentlich war es kaum noch vorhanden. Vielmehr gab es da jetzt eine nicht gerade kleine Ausbeulung im mittleren Bereich ihres Körpers und darüber hinaus ein gewisses Völlegefühl. Und plötzlich spürte Frau Taube auch, wie unendlich müde sie war. Ein langer Weg lag hinter ihr und ein großes Stück Arbeit, deshalb war sie ja auch so hungrig gewesen. Die Erschöpfung traf sie wie ein Hammer, ihr war, als könne sie sich kaum mehr fortbewegen.

»Nur einen kleinen Moment«, sagte sich Frau Taube und schloss die Augen.

»Nicht schlafen!«, schalt sie sich gleich darauf, »wie bekloppt bis du denn! Oder bist du lebensmüde??« Sie riss die Augen wieder auf, schaute sich um, blickte zu dem langbeinigen Wesen, das immer noch ausgestreckt in dem seltsamen Gestell verweilte. Die freundlichen Augen des Wesens ruhten auf ihr, wie Frau Taube bemerkte.

»Was will es bloß?«, dachte Frau Taube. Aber nur kurze Zeit später übermannte sie wieder die bleierne Müdigkeit und die Augen fielen ihr schon wieder zu.

»Ich dummes Ding«, rügte sich Frau Taube wieder, als die Reste ihres Alarmsystems sie kurze Zeit später immerhin zum Öffnen der Augen bewegt hatte.

»Hach, ich bin so schwer, der Bauch zieht mich immer so nach unten«, jammerte Frau Taube, wiederum innerlich, denn auch Jammern gehörte nicht wirklich zu ihrem Laut-Programm.

»Vielleicht könnte ich mich ein wenig mit meinem Hinterteil abstützen …«. Ein Bein leicht zurückstellend, lehnte sie sich nun so weit zurück, bis sie den Boden hinter sich spürte.

»Aah … das tut gut … wie angenehm … nun ein wenig die Augen schließen, vielleicht passt das Langbeinige ja auf, ich riskier das mal. Ich bin einfach zu müde … viel zu müde.« Und schon glitt Frau Taube wieder hinüber in das Land der Erholung.

So verging wiederum einige Zeit und die Sonne wanderte weiter um Frau Taube herum. Der Bauch fühlte sich nun besser an und auch die furchtbare Müdigkeit war gewichen. Sie konnte ihre Augen nun wieder länger offen halten und schon fiel ihr Blick wieder auf die Reste der appetitlichen Speise, die noch immer um sie herum lagen. Ein unglaublicher Sog ging davon aus, meinte Frau Taube und schon ging es wieder los. Sie beugte den Körper wieder vor und versenkte sich in die Köstlichkeit. Das nette Langbeinige lieferte wiederum nach, als die Reste vom Morgen immer kümmerlicher wurden.

»Prima«, dachte Frau Taube, »das ist ja wirklich eine tolle Pension hier. Ich habe es gut getroffen, was für ein Glück!«

Als die Sonne später schon so flach am Himmel stand, dass sie fast hinter den Bäumen des Nachbargrundstücks verschwand, wusste Frau Taube, dass es nun Zeit wurde, die Tafel aufzuheben.

»Als erstes dort auf die Dachrinne, das ist nicht weit von hier. Von dort aus kann ich dann weitersehen, im wahrsten Sinne des Wortes«, kicherte Frau Taube, inwendig, wie immer. Gesagt, getan, und schon einen Moment später hockte sie auf dem metallenen Rand der Rinne, nur wenige Meter über dem Boden.

»Ah, hier … da … dort …«, Frau Taube reckte ihren Kopf bald nach links, bald nach rechts, bald schief in die eine Richtung, bald schräg in die andere.

»So … so …«, und dann hatte sie genug justiert, spannte ihre Muskeln an, und erhob sich mit kraftvollem Schlag ihrer Flügel in die Höhe, hinauf in Richtung der Bäume und ließ die gastliche Raststätte hinter sich zurück.

Am nächsten Tag war sie wieder da! Diesmal war sie zunächst ganz oben gelandet, auf dem First des Daches. Von dort konnte Frau Taube es bereits sehen: die Tafel, an der sie gestern so herrlich geschlemmt hatte, war wieder bereitet und lockte mit den zarten Haferflocken, ihrer Lieblingsspeise. Die bekam sie zuhause eher selten.

»Da kann einem das Wasser im Schnabel zusammenlaufen«, dachte Frau Taube und blickte gierig hinab auf die Steinfliesen der Terrasse, auf denen ein Meer von weißen Flocken zu sehen war.

»Jetzt nur noch hinunter kommen … nur noch«, verspottete sich Frau Taube nun, »leichter gesagt als getan. Wie sollte ich das wohl am besten angehen …?« Und Frau Taube versank in taktische Überlegungen.

»Von hier aus ist das viel zu weit, der Platz dort unten ist ja recht eng, das ist extrem schwierig dort zu landen, wenigstens von hier oben aus. Vielleicht sollte ich am besten erst mal dort nach unten auf den quer angebrachten Baumstamm kurz über der Dachrinne. Ja, so mache ich es!« Aber auch das sah auf den zweiten Blick schwieriger aus als zuerst gedacht. Frau Taube tippelte hin und her, unschlüssig wie sie auf den Balken dort unten gelangen sollte.

»Fliegen, klar, kein Problem. Mein Problem ist das Landen!!« Baumstämme gehörten nicht zu ihren gewohnten Landeplätzen, damit kannte sie sich wenig aus und dieser sah auch nicht so aus, als hätte er eine gewöhnliche Rinde, bei der ihre Krallen Halt finden könnten.

»Ich könnte … ja, so mache ich es, das probiere ich aus«, und flugs ließ sie sich auf ihren Popo nieder und rutschte die Ziegel hinab.

»Hui, das geht ja flott … uih … ach … oh Gott, so schnell … nee, auweia …«, und schon breitete sie die rettenden Flügel aus und schraubte sich in die Höhe, drehte eine kurze Runde, um wenig später wiederum auf dem First des Daches zu landen. Gleiche Stelle, als wenn nichts geschehen wäre, saß sie wieder da.

»Mist! Mist, Mist!!«, schimpfte Frau Taube und blickte wieder hungrig hinab zu der entfernten Speise. Was nun?

»Auf ein Neues«, machte sie sich selbst Mut und startete die Rutschpartie von neuem. Diesmal stoppte sie klugerweise rechtzeitig, bevor sie zu viel Speed hatte und saß nun immerhin schon auf halber Höhe, den lockenden Flocken ein gutes Stück näher. Und kurze Zeit später hatte sie es geschafft. Nein, leider noch nicht ganz unten, aber immerhin war das erste Ziel erreicht: der Baumstamm.

»Verdammt rutschig das Ding«, stöhnte Frau Taube. »Jetzt nach unten fliegen, ist ja nicht mehr weit. So, und nun noch überlegen von wo aus starten ... ich geh mal etwas nach links ... so ... nee, noch weiter, ein kleines Stück noch ... so, hier ... nee, am besten wieder ein Stück zurück ... ja, hier, so ... jetzt anpeilen ... den Körper senken, die Flügel etwas lockern ... ach nee, doch nicht, nee lieber zurück ... huch, fast wäre ich ausgerutscht, das ist aber auch glatt hier, das blöde Ding! ... So, am besten zurück an den Rand, vielleicht kann ich mich an der Kante abstoßen.« Und Frau Taube stakste vorsichtig zurück zum seitlichen Abschluss des Daches und fand dankbaren Halt an der Kante des Baumstamms.

»So, dann von hier aus ... aber dann muss ich ja um die Ecke fliegen, schwierig, ist ja nicht weit ... ob ich das hinkriege?? Für meine entfernten Verwandten aus der Stadt wäre das ja kein Problem, die sind da ganz cool. Wahre Künstler auf ihrem Gebiet ... na ja meine Talente liegen eben woanders«, tröstete sich Frau Taube und blickte stolz auf die Vielzahl von Ringen, die an ihren Beinen befestigt waren.

»Dann eben wieder ein Stück zurück in die Mitte, nun aber nicht weiter nachgedacht und los«, trieb sich Frau Taube an und tippelte wieder mutig in die Mitte.

»Och ... uuh ... das sieht so schwierig aus ... nee, nee, jetzt nicht kneifen«, rügte sich Frau Taube, beugte sich wiederum mutig vor und lockerte die Flügel.

»und los!«, gab sie sie selbst das Startsignal in der Hoffnung, dass es helfen möge. - Und blieb doch wieder sitzen!

»Scheiße!!« Sehnsuchtsvoll blickte sie zu den verstreuten Flocken dort unten am Boden. Sie tippelte wieder ein Stück weiter und wäre fast an dem großen Befestigungseisen für den Baumstamm gestolpert.

»Puuh, gerade noch mal gut gegangen ... jetzt such ich mir die passende Stelle und dann aber los!« so versuchte sie sich erneut Mut zu machen. Doch es sollte dann noch eine ganze Weile dauern, bis sie dann zunächst auf dem Mäuerchen und wenig später dann endlich glücklich auf dem Boden landete

»Ah, endlich!«, jubelte Frau Taube und eilte flugs hinüber zu den ersehnten Flocken. Diesmal wollte sie aber unbedingt darauf achten, sich nicht wieder den Bauch randvoll zu schlagen, mahnte sie sich selbst. Nein das war ja unglaublich gefährlich gewesen, dusseliger Leichtsinn, na ja, sie war eben total ausgehungert und erschöpft gewesen nach der langen Reise. Heute war ein neuer Tag, heute würde sie es anders machen.

»So, fertig.«, Frau Taube blickte sich noch einmal zufrieden um und betrachtete die kläglichen Reste des einst flockenreichen Meeres.

»na, vielleicht doch noch dieses lecker Flöckchen, und das da auch noch ... und dieses noch ... Schluss jetzt!«, mahnte sich Frau Taube. Und wirklich, wenig später erhob sie sich mit kräftigem Flügelschlag und ließ sich wieder auf dem Aussichtsplatz auf dem First des Daches nieder.

Nachdem sie hier auf den obersten Ziegeln ein wenig gedöst hatte, den Flockenberg in ihrem Bauch erfolgreich verdaut hatte, wollte sie nun über ihre Zukunft nachdenken. Es war wirklich eine lange Reise gewesen, die längste, die sie je unternommen hatte. Die anderen zuhause hatten von ihren Reisen erzählt, sie selbst hatte ja noch sehr wenig Erfahrung. Man hatte ihr erzählt, manch eine blieb gar verschollen, kam nie wieder zurück! Frau Taube fand, sie könne stolz auf ihre bisherigen Erlebnisse sein. Sie hatte die weite Reise bewältigt, hatte diese Pension hier gefunden und hatte es sogar von diesem Dach hinunter geschafft. Aber sie merkte auch, wie erschöpft sie immer noch war. Die Flügel schmerzten von der Anstrengung des gestrigen Tages, sie hatte am Abend kaum die Äste des Baumes erreichen können, in dessen schützenden Blätterdach sie dann die Nacht zugebracht hatte. Nein, nein, sie würde auf jeden Fall noch ein paar Tage Urlaub brauchen, bevor sie den zweiten und letzten Teil der Reise antreten würde ... oder sollte sie einfach hierbleiben? Das wäre auch verlockend!

»Mmmh«, dachte Frau Taube bei dem Gedanken an die leckeren Flocken und schon wieder lief ihr der Speichel im Schnabel zusammen. Es war so friedlich hier, die Flocken-Lieferanten waren so nett wie zuhause und streuten Portion um Portion aus, die Sonne schien, die Aussicht hier war fantastisch. Das Leben war einfach schön!

Frau Taube öffnete ein Auge und neigte den Kopf schief und blickte mit ihrem rechten Auge hinab auf die Steinfliesen weit unter ihr.

»Ah, alles fertig für mein Abendessen«, stellte sie befriedigt fest. Dann also auf zu der waghalsigen Übung, den Boden dort unten wohlbehalten zu erreichen.

»Wenn ich könnte, würde ich jetzt wohl seufzen. Das ist aber auch nicht leicht ... ich sollte es als Flug-Training betrachten«, sinnierte Frau Taube, sich selbst Mut machend.

»So, erst mal eine Runde drehen, dann rüber auf das andere Dach.« Wenige Augenblicke später saß sie schon wieder auf dem First der anderen Dachseite und blickte nun etwas sorgenvoll auf die Rutschpartie, die nun wieder vor ihr lag. Aber das war ja der leichteste Teil des Weges hinab. Diesmal schaffte sie es ein wenig schneller hinab auf den rutschigen Balken.

»Hier ... neee, hier ... ach nee doch nicht. Dann hier! ... Herrje, das ist aber auch sch...schwierig!« Wieder balancierte sie hin und her, um den richtigen Abflugort zu finden.

»Ach ich hüpfe erst mal auf den Rand der Dachrinne, da kann ich mich ja viel besser festkrallen ... so ... nee, also das ist jetzt auch doof, ... nee, am besten wieder zurück.« Also doch lieber wieder der glatte Balken.

»So, jetzt los! Körper gebeugt und los«, feuerte sich Frau Taube an, flog tatsächlich los, der Boden näherte sich, sie schlug die Flügel wie wild, aber es war wie verhext, sie schaffte es einfach nicht, zu landen. Aufgeregt und erschreckt von ihrem Misserfolg flog Frau Taube rasch in die sichere Höhe und landete kurze Zeit später missmutig wieder auf ihrem Startpunkt, dem oberen First.

»Ich bin einfach zu ungeschickt«, schimpfte sie frustriert. Sie musste es eben erneut versuchen. Also los. Diesmal kein Umweg auf die Dachrinne, besser der Balken.

»Und kein Zaudern, einfach los«, mahnte sich Frau Taube. Und wirklich diesmal war es nur ein kurzes Tippeln hin und her, bis sie den Mut zusammen hatte, heftigst mit den Flügeln schlug und rums, mit den Fersen auf dem Boden aufkam. »Auuaaa!«, rief Frau Taube, innerlich, wie immer.

»Boah, war das eine Landung, du ungeschicktest Ding!«, schalt sie sich. Aber im nächsten Moment waren die schmerzenden Hinter-Krallen schon vergessen und Frau Taube saß glücklich inmitten der köstlichen weißen Flocken.

Das war wirklich ein schönes Plätzchen. Völlig ungestört konnte man nach Herzenslust und Bauchgefühl picken. Da kam niemand vorbei, außer den Langbeinigen, die immer schön nachlieferten.

»Aber was ist denn das da drüben? Das sieht ja ganz anders aus, ach ja richtig Hirse, das kenn ich ja, bisschen langweilig, aber ganz ok. Dann eben mal Hirse.« Und weiter nahm Frau Taube Stück für Stück vom Boden auf, drehte sich aber schon bald wieder, um dann doch lieber den weißen Haferflocken den Vorzug zu geben.

Ihre Mahlzeit dauerte niemals mehr so lange wie am ersten Tag, aber immerhin eine ganze Weile voller hingebungsvoller Freude über das schöne Buffet. Zuhause gab es nur gesundes Zeugs wie Erbsen und Mais in vielerlei Art, schön eiweißreich. Und es gab harte Weizenkörner und Gerste in ebensolcher Qualität. Sonnenblumenkerne waren auch immer dabei, aber Achtung: nicht zu viel Fett! Dann lieber Leinsaat oder Raps mit den hochwertigen Omega-3-Fettsäuren. Ja, sie hatte aufgepasst und den

Langbeinigen genau zugehört, wenn sie sich fachsimpelnd über die Futtertröge gebeugt hatten. Und hier gab es überhaupt nichts Gesundes nur lecker zarte Flocken, quasi Weißbrot. Herrlich!

»So, fertig ... ach na ja, vielleicht doch zum Nachtisch nochmal ein wenig Hirse ... so jetzt aber Abflug!« Und Frau Taube flog erstaunlich schnell und zielgerichtet ihrem Schlafplatz entgegen.

In den folgenden Tagen konnte Frau Taube ihre Fähigkeiten zwar verbessern, aber leider gab es immer doch diese schmerzhaft harten Landungen auf ihren arg strapazierten Hinter-Krallen. Manchmal schaffte sie es, erst auf dem Mäuerchen zu landen. Danach war der Rest ein Kinderspiel ... oder Taubenspiel? Egal. Es war auf jeden Fall eine herrliche Zeit hier! Die Stunden zwischen den Mahlzeiten verbrachte Frau Taube auf dem letzten Firstziegel über die weite Landschaft blickend. Auch heute nach dem Frühstück war dies der Plan. Den Bauch gefüllt flog Frau Taube also zufrieden in Richtung Dachspitze und landete auf den dunkelbraunen Ziegeln.

»Oh ... ahh ... aua ... ooch, das ist aber heiß hier!« Erschreckt zog Frau Taube einen Fuß nach dem anderen abwechselnd nach oben.

»Meine Füße verbrennen, Hilfe! Das ist ja kaum auszuhalten! Na kein Wunder, so wie die Sonne heute brennt! Oh je, oh je, was mach ich nur?«

Ratlos schaute sich Frau Taube um, während sie schaukelnd ihr Gewicht abwechselnd von einem Bein auf das andere verlagerte.

»Sehr unkomfortabel!«, maulte sie vor sich hin und fing schon wieder an zu überlegen. In diesem doch sehr lehrreichen Urlaub hatte sie vor allem mit ihrer Kreativität die besten Erfahrungen gemacht. Kurze Zeit später hatte sie es raus: wenn man die Beine nach hinten ausstreckte und sich dann auf den Bauch legte, hielt das Federkleid die Hitze fern und gab Schatten für ihre Beine. Die Fläche unter ihr passte sich dann bald an ihre eigene Temperatur an, es war muschelig schön und die Füße drohten nicht länger zu verbrennen. Dank der Federn hatte sie ja ihre eigene Klimaanlage. Schön hier!

So vergingen die Tage. Frau Taube hatte wirklich Glück mit dem Wetter! Ein Sommertag nach dem anderen brach an. Dankbar nahm sie das von den Langbeinigen immer prompt bereitete Frühstück und Abendessen auf den Steinfliesen der Terrasse ein. Langsam kehrten ihre Kräfte zurück und sie dachte an Zuhause.

Es war wirklich herrlich hier, so erholsam. Aber es war auch etwas einsam. Keiner nahm Notiz von ihr. Nur eben die Langbeinigen, aber das waren halt Fremde, kein Austausch möglich. Natürlich gab es auch andere ihrer eigenen Art hier. Aber die ignorierten sie einfach. Das beruhte allerdings auf Gegenseitigkeit.

»Pah, wo kommen wir denn da hin! Landeier!«, empörte sich Frau Taube. Sie war eine Meisterin ihrer Art, na ja, noch nicht ganz, aber immerhin gab es in ihrer Familie zahlreiche Gewinner und hochdekorierte Pokalinhaber. Sie gehörte quasi zum Adel! Auch sie selbst würde noch eine Meisterin werden. Da war sich Frau Taube sehr sicher. Dazu musste sie allerdings diese Pension hier verlassen. Das schöne Wetter würde sicher bald zu Ende gehen, die Zeit anbrechen, wo sie in Büschen hockend dem Regen entfliehen müsste. Das wäre eine höchst gefährliche Zeit, mit all den herumlungernden Katzen hier. Die würden nur drauf warten, dass sie dösend und unaufmerksam einen Fehler machen würde.

Und wer weiß, ob die Lieferkette der Langbeinigen nicht auch irgendwann reißen würde. Die artverwandten Landeier, ja die konnten sich selbst um Nahrung kümmern. Sie hatte dies alles nie erlernen müssen. Sie war eben etwas Besonderes. Ja, und das wollte sie auch bleiben. Und sie wollte am Leben bleiben! Dazu sollte sie jetzt aber langsam auch zurück nachhause, zu den anderen und zu dem Langbeinigen daheim.

»Keine leckeren Flocken mehr«, ein tiefer Seufzer entrang sich ihrer Kehle, inwendig versteht sich. Aber das hier war eben Urlaub gewesen, ein schöner Urlaub, der jetzt zu Ende gehen würde. Doch es würde bestimmt bald eine neue Reise geben und neue spannende Erlebnisse.

Alles wie immer?

Leute ... Leute!« Ich höre die Ungeduld, die sich in Manfreds Stimme geschlichen hat. Aber von der Ruhe, die sich eigentlich danach einstellen soll, damit die Dorf-Versammlung endlich beginnen kann, ist noch keine Spur zu hören. Vielmehr hebt sich seine Stimme kaum ab von dem Geraune, das mitunter von dröhnendem Gelächter Einzelner unterbrochen wird. Alles wie immer, denke ich und mein Blick gleitet über die Köpfe der Runde.

Ich kenne sie alle, seit Jahren, seit Beginn meines Lebens. Ich habe mit ihnen auf den Straßen und Wegen des Dorfes getobt. Jetzt haben wir miteinander graue Haare bekommen, während die Kleinkinder von damals, auf die wir herabblickten, jetzt neben uns am Tisch sitzen und darum kämpfen, das Ruder zu übernehmen; was um jeden Preis verhindert werden muss, das ist klar, sonst geht die Autorität und das Ansehen flöten.

»So, wir fangen jetzt an!« Einige Dezibel lauter kehrt nach diesem Satz nun wirklich Stille ein in unserem Saal der ehemaligen Dorfschule, jetzt Dorf-Gemeinschaftshaus.

»Wichtigster Tages-Ordnungspunkt ist heute, wie ihr wisst, die Festsetzung des Motoren-Lauf-Plans. Die Regeln kennen alle: keinerlei Überschneidungen, alle schön nacheinander! Einige haben sich ja schon in die Liste eingetragen und die Bauern haben natürlich »Vorlaufrecht«. Doch es gibt noch einige Lücken, zugegeben nicht mehr ganz so attraktiv, zum Beispiel Donnerstag 18 Uhr, da wären sogar noch 2 Stunden frei. Aber wie gesagt: keine Überschneidungen, alle schön nacheinander!«

»Donnerstag! So was Blödes! Was ist denn mit Freitag?", wirft Rolf maulend ein.

»Tut mir leid, da ist längst alles voll«, entgegnet Manfred.

»Du weiß doch, wer zu spät kommt…«, stichelt Klaus. Hämisches Gelächter ist natürlich die Folge.

»Och menno« murrt Rolf nun wieder, »um die Zeit fang ich doch nicht noch an, da steht das Bier doch fast schon bereit – apropos: ich habe Durst!« und sein Blick gleitet mit einer nicht zu verbergenden Sehnsucht zu den beiden Kästen, schon vorsorglich an der Wand geparkt.

»Mensch Rolf, wir haben doch gerade erst angefangen, kannst ja ne Limo saufen!«, entgegnet ihm Erwin, der neben mir sitzt. Und wieder ist allgemeines Gelächter die Antwort. Weil niemand von uns freiwillig das süße Zeug trinken würde. Und schon gar nicht, wenn alle dabei sind.

»Also was ist jetzt mit Donnerstag-Abend 18 Uhr, wer möchte da noch mähen, Hecke-schneiden, sägen? «

»Also ich nehm' den, zum Mähen und im Herbst dann zum Laubblasen.« Triumphierend schaut sich Erwin um, in Anbetracht seines raschen Coups.

»Schön. Wenn sich für die Lücke Samstag 9 Uhr noch jemand meldet, sind wir auch bald fertig und die Kästen sind dran.«, beeilt sich Manfred zu sagen, bevor wieder so viel Unruhe eintritt, dass ihn niemand mehr verstehen würde.

»Merkwürdig«, denke ich, »ich hab noch gar nichts getrunken und doch muss ich pinkeln. Warum drückt mich denn die Blase? Meine Güte, das ist ja kaum zum Aushalten. Wenn ich jetzt aufstehe, schauen alle nur wieder blöd und es gibt Gerede und nervige Sprüche … Mist, es hilft nichts.« Und während ich das noch denke, verschwinden all die Menschen um mich herum, vielmehr spüre ich neben dem Druck im Unterbauch das warme Leinen der Bettdecke. So gerne ich den kuschelig-ruhigen Moment noch genießen möchte, werfe ich jetzt kurzerhand die Decke beiseite und schwinge die Füße hinaus auf den kühlen Boden. Was für ein dusseliger Traum.

Wenig später ziehe ich die Jalousien an diesem Morgen hoch. Sonnenstrahlen blenden mich, als ich hinaus in meine Garten schaue. Immerhin, denke ich, auf die Sonne ist Verlass. Es ist ein besonderer Tag, mein Geburtstag. Doch es bleibt lediglich beim Wissen darum und bei der Sonne, sonst ist alles wie immer.

Die ersten Schritte führen mich danach wie jeden Tag vor die Tür, um die Zeitung hereinzuholen. Jenes regionale Blättchen ist wie alles hier: viel leere Phrasen und kurze, einfach formulierte Polit-Storys, die in unserer vom Internet geprägten Zeit schon längst wieder überholt sind, wenn sie dann in der Nacht gedruckt werden. Jeden Morgen lese ich also die Nachrichten, über die ich bereits am Vortag informiert worden bin. Aber das ist nicht das

Wichtigste in einem Lokal-Blatt, nein, wichtig sind die Namen unter den Fotos von den Ereignissen in der Umgebung. Damit auch jeder Nachbar weiß, wie wichtig man selbst ist, auch wenn alle nur dümmlich in die Kamera schauen und kaum ein Grinsen zustande bringen.

Allein wohne ich hier in meinem kleinen Haus, kann tun und lassen was ich will und wann ich es will. Es ist das Dorf, in dem ich seit meiner Kindheit wohne, inmitten von beschaulichen Hügeln, viel Wald und noch mehr Feldern und Wiesen. Die sind allerdings nicht mehr beschaulich, vielmehr ertränkt in Gülle und völlig tot, bis auf Gras und Löwenzahn, das wächst wie verrückt. Kein Maulwurf, und nur wenig Insekten verirren sich dort hin.

Ich schlurfe in meinen alten, ausgetretenen Schlappen in die Küche und lasse mich wenig später am Küchentisch nieder. Vor mir eine große Tasse herrlich duftender Kaffee blättere ich mich durch die Seiten. Seitdem das Arbeitsleben hinter mir liegt, sind diese friedlichen Morgenstunden für mich ein liebgewonnenes Ritual geworden.

An diesem Morgen zerreißt das Klingeln des Telefons die stille Zeit.

»Herzlichen Glückwunsch zum Geburtstag«, tönt die vertraute Stimme meines Bruders Alfred durch die Leitung.

»Und wie geht's?«

»Ja, gut so weit, und selbst?«, entgegne ich.

»Na muss«, ist die knappe Antwort, »man wird nicht jünger«, Alfred schiebt sein gewollt dröhnendes Lachen hinterher.

»Wem sagst Du das?!«

»Und sonst so?«, folgt Alfreds nur rhetorisch gemeinte Frage.

»Ja muss, kann mich nicht beklagen«, antworte ich ebenso inhaltsreich.

Ich kenne meinen Bruder, es hat keinen Sinn ausführlicher zu werden. Er hört sowieso nicht zu, jedenfalls nicht mit dem Herzen. Als hätte ich es geahnt höre ich nun:

»Ja, ja, das ganze Jammern nützt ja nix, was willste machen. Man weiß eh' nie was kommt. «

»Nee, steckst ja nich' drin. Du das Wetter ist so schön, da will ich rasch noch den Stapel Holz sägen, den mir Rolf gebracht hat.«,

»Na dann frohes Schaffen, man hört sich…«

»Ja, bis die Tage. Und danke für den Anruf«

»Da nich' für! Tschüss Micha«

»Ja, Tschüss«

Klack, fertig, das war's. Vermutlich der einzige Gratulant heute, denke ich. So ist es eben, mein Leben heute.

Unwillkürlich tauchen Bilder aus der Vergangenheit vor mir auf von langen Tafeln, die guten, weißen Damast-Tischtücher, das ehrwürdige Porzellan mit den altertümlichen, bunten Blumenranken und die zahlreichen Torten und Kuchen, die die Tanten beisteuerten. Es war wohl eine Art Wettbewerb unter ihnen, wer wohl das spektakulärste Gebilde mitgebracht hatte. Ich hingegen denke nur mit Wehmut an die Backbleche mit Stachelbeer-Kuchen und den dicken, süßen Streuseln darauf. Den hatte ich mir immer von meiner Mutter gewünscht.

Alles dahin, die Mutter längst gestorben. Der Vater sowieso, viel zu früh an Leberzirrhose jämmerlich zugrunde gegangen. Vielleicht war sein Tod auch der Anfang vom Ende gewesen, der Beginn des Untergangs unserer großen Familie.

Früher ... wieder die Bilder der Kaffeetafel im Sonnenschein auf der Terrasse ... meist hatte ich Glück gehabt mit dem Wetter an meinem Geburtstag Ende April. Wie oft hatte gerade dann der Frühling mit Macht Einzug gehalten und eine Ahnung von Sommer spüren lassen. Glückliche Tage, ein Meer an Gesprächsfetzen der Erwachsenen, durchbrochen vom Juchzen der Kinder, die auf dem Rasen umher rennen und ihren phantastischen Ideen nachjagen.

Damals hatte ich kindgemäß nur sehr beschränkt an morgen gedacht. Wenn, dann nur in Fortsetzung dessen, was ich bei anderen erlebt hatte: irgendwann verlässt man die Schule, ergreift einen Beruf, sucht sich eine Frau, bekommt eigene Kinder und alles bleibt erhalten. Aber so ist es nicht gekommen. Die Zeit hat andere Regeln, nichts bleibt so wie es ist.

Wenn man nur nach der Zahl geht, dann hätten meine Geschwister und ich mühelos die großartige Geschichte meiner Familie hier in unserem Dorf fortsetzen können. Wir waren fünf gewesen: drei Schwestern, zwei Brüder. Mein Bruder erbte den großen Hof, den größten damals hier im Dorf. Wir waren wer, ohne uns ging nichts. Als Einzige im Dorf waren wir diejenigen, die Ackerpferde besaßen. Alle kamen zu uns, um sie ausleihen zu dürfen und jeder überlegte zweimal, es sich mit uns zu verscherzen.

Und wir waren es, die das Grundstück zur Errichtung der Kirche stifteten. Das war schon in der Aufbruchstimmung der 50er Jahre. Alle packten mit an und Stein auf Stein wurde mit Bruchsteinen gemeinsam die kleine Dorfkirche gebaut, unsere Kirche! Die letzte Gemeinschaftsarbeit, bevor bald jeder einen Traktor besaß und Pferde nicht mehr nötig waren. Aber die kleine Kirche auf unserem Grundstück, das war noch was! Ich erinnere mich noch an die prachtvolle Einweihungsfeier, ein großes Fest. Nicht mehr länger mussten wir den »Kirchweg« entlang über den Berg ins drei Kilometer entfernte benachbarte Dorf zur Heiligen Messe laufen. Auch das ist dahin, die Kirche meist leer, nur noch einmal im Monat kommt man jetzt dort zusammen, um Gottesdienst zu halten. Und der Pfarrer stammt nicht länger aus hiesigen Breiten sondern kommt aus Indien und spricht nur gebrochen deutsch.

Ich merke, ich komme ins Plaudern, das liegt in der Familie, wir hatten eben immer viel zu sagen. Leider nicht einander, sonst wäre wohl vieles von der früheren Gemeinschaft in unserer Familie erhalten geblieben.

Es war das Fremde, das Einzug hielt. Fehlende Vertrautheit ließ Misstrauen und nicht viel später auch Missgunst sprießen. Das ist mir heute klar.

»Wer dazu gehört, der weiß es und wer nicht dazu gehört, der muss es nicht wissen«. Dieses Gesetz griff auch auf unsere Familie über, als zwei meiner Schwestern Männer aus der Kreisstadt heirateten und das Dorf verließen. Und traf wenig später auch mich selbst, denn auch die Frau, die ich heiratete, war nicht hier zuhause. Sie war fremd hier, und ich verstand es nicht, ihr Brücken zu bauen. Zum Beispiel zu meiner Schwester, die nach der Heirat auf dem Grundstück neben meinem neuen Haus Anfang der 70er Jahre ihren modernen Bungalow baute. Dort zog bald Kinderlärm durch das Haus, bei mir leider nicht. Heute weiß ich, dass es eigentlich unklar war, wer von uns beiden letztlich die Schuld daran trug. Aber für mich war es völlig eindeutig, wo die Ursache zu suchen war und das war nicht bei mir.

Die Wildheit der 70er Jahre, der Beginn von Feminismus war nur sehr zart bei uns im Dorf angekommen. Ich trug meine Meinung vor mir her, das ließ meine Frau verstummen, ihren Kummer sah ich nicht. Ich vernahm nur das Getuschel im Dorf, das mir durch die Sprüche der anderen in der Gaststätte zu Ohren kam. Der verletzte Stolz meiner Männlichkeit setzte mir sehr zu. Den lud ich dann bei meiner Frau ab und machte ihr entsprechende Vorwürfe. Unsere Ehe hielt das nicht lange aus. Irgendwann hatte meine Frau doch so viel Mut gesammelt, dass sie auszog und mich in unserem Haus allein zurückließ. Die Scham war heftig, mein Stolz unendlich verletzt. Das mir, uns der einstmals großen stolzen Familie.

Es fiel mir nicht so schwer, mich an das Alleinsein im Haus zu gewöhnen, denn die Alternative wäre in meinen Augen noch schwerer zu ertragen gewesen: in all die wissenden Augen beim Besuch der Gastwirtschaft zu blicken, die Häme darin zu sehen, das Glück, dass sie sich endlich mal größer fühlen könnten, als dieser Sohn der einstmals stolzen Familie hier. Fortan mied ich den Dorf-Tresen und bald auch die Dorf-Feste im Jahreslauf. So konnte ich kaum eine neue Frau finden, die Auswahl war nun auch sehr klein, in meinem schon fortgeschrittenen Alter. Da waren die meisten vergeben, ob glücklich sei dahin gestellt, aber das zählt bei uns nicht viel.

Nicht lange danach war dann auch diese Möglichkeit zum ungezwungenen Bierchen und Dorf-Klatsch Geschichte, die letzte Wirtschaft hier im Dorf schloss ihre Türen, wurde umgebaut und brachte dem Eigentümer als vermieteter Wohnraum mehr Geld und weniger Arbeit. Pensionsgäste, so wie früher, hatten in den letzten Jahren immer weniger in unserem Dorf nach Erholung gesucht. Die Sonne war in Spanien und Italien eben doch häufiger anzutreffen als in unserer zwar idyllischen Gegend, in der jedoch der Himmel leider oft grau verhangen ist. Zudem galt eine Reise in den Süden als chic; mit den Reiseerlebnissen konnte man glänzen vor den Nachbarn und das war wichtig, den Frauen mehr als uns Männern.

Es blieben mir noch meine Geschwister hier im Dorf. Meine Schwester, die es mit ihrem alkoholkranken Mann neben ihren Kindern auch nicht leicht hatte und eben mein Bruder. Der spielte sich aber auch gern auf, als der große Landwirt, der alles richtig gemacht hat mit Frau und drei Kindern. So war ja auch schon unser Vater gewesen, kein Blick für uns Kinder, kein Blick für andere, wichtig waren der Hof und das Ansehen.

Irgendwann merkt man es nicht mehr, wie die Jahre vergehen, die Veränderungen fallen im Täglichen nicht auf: die Gesichtszüge, die einen Hang nach unten erhalten, die einst verwegen rebellische Stirnlocke in ihrem dunklen Braun, ist kaum noch vorhanden und hebt sich ohnehin in grauer Färbung kaum ab vom blassen Gesicht. All das fällt erst auf, wenn man Fotos von früher anschaut. Aber das unterlasse ich, es bringt nur üble Stimmung.

Ich bin wahrlich nicht der einzige Junggeselle hier im Dorf. Man könnte eine halbe Staffel »Bauer sucht Frau« nur mit alleinstehenden Männern unseres Dorfes füllen. Immerhin habe zumindest ich etwas Erfahrung vorzuweisen, hier gibt es einige, die sich nie einen Schritt von Muttis Herd entfernt haben. Vielleicht haben sie eine eigene Wohnung mit steril sauberer Küche, aber gegessen wird an Muttis Tisch im gleichen Haus und die Wäsche findet von allein ihren Weg in den Schrank. Hämische Worte, ich gebe es zu, doch eigentlich gibt es keinen Grund dafür. Wir teilen alle mehr oder weniger das Los, nicht zu den Draufgängern zu gehören. Bei den Schützenfesten gehörten wir immer zu denen, die nur dabei sitzen und hofften von der Sonne der Großmäuler und Helden ein paar Strahlen abzubekommen. Früher gab es dann immer noch genug Mädels für alle, auch für uns. Das waren zwar die stilleren, die vielleicht nicht ganz so attraktiv heraussstachen, dafür hatten die aber weniger Rosinen im Kopf und fügten sich, durchaus glücklich, in den vorgezeigten Weg ihrer Mütter.

Und dann wurde auf einmal Frauen-power modern. Das war in den 70ern, und die Rosinen in den Köpfen der Mädels wurden riesig groß. Auf einmal wollten alle arbeiten, selbst für sich sorgen, eine Ausbildung machen. Das Ende kam, als sie dann ab 1977 nicht länger eine

Erlaubnis vom Ehemann dafür benötigten. So hatten wir als Versorger keine Bedeutung mehr und mussten fortan mit anderen Qualitäten überzeugen. Doch die hatten viele von uns nicht gelernt und schon gar nicht geübt. Unsere rigiden, autoritären Väter stammten aus einer anderen Zeit, in der Pflicht und Gehorsam zur Staatsräson gehört hatte, die gaben nicht länger ein Vorbild her. Die Mädels zogen nun an uns vorbei, suchten selbst nach ihrem Glück und drehten sich nicht um. Die wenigen schüchtern-bebrillten reichten nicht aus. Das ist heute noch so. Und solange die Mutti noch täglich zum Essen ruft, fällt die Lücke nicht so auf. Für die körperlichen Bedürfnisse reichen zur Not auch die Camping-Mobile auf den Parkplätzen neben der Bundesstraße oder eine Reise nach Thailand.

Vor einem Jahr habe ich neue Nachbarn erhalten. Sie kommen aus der Großstadt und bezogen das Haus meiner Schwester, die ein Jahr zuvor gestorben ist. Die Kinder, meine Nichten und der Neffe sind längst fortgezogen, leben wie alle hier ihr eigenes Leben, die Abende im Wohnzimmer vor dem Fernseher. An den Wochenenden ist es nicht anders.

Früher war man immer noch zusammengekommen, um einander mit dem Feldern oder den Obstwiesen zu helfen. Da gab es noch diese Gemeinschaft, ohne die jeder nicht zurechtgekommen wäre. Man war auf die helfenden Hände angewiesen. Maschinen ersetzen heute die helfenden Hände, die Obstbäume sind abgeschlagen, die Wiesen umgewidmet zum Mais-Acker, Silage braucht das Vieh oder die Biogasanlage.

Ich weiß nicht, warum heute jeder froh ist, immer weniger körperliche Arbeit zu verrichten. Der letzte blühende Bauerngarten hier im Dorf ist mit Rasen eingesät, die meisten haben noch nicht mal das in ihrem Vorgarten. Heute ist hier Kies angesagt, bei ganz modernen plätschert auch ein Wasserfall über farbig beleuchtete Steine. Wozu Obst einwecken, das kann man günstiger und noch dazu ohne Arbeit in allen Supermärkten kaufen. Manchmal beschleicht mich die Frage, ob es Leichtsinn ist, keine Vorräte mehr im Keller zu haben. Das wäre vor Jahrzehnten noch undenkbar gewesen.

Ich sehe noch das Bild vor mir, wie meine Großmutter zusammen mit meiner Mutter und den Tanten in dicken Töpfen rühren und die dampfende Masse in eine lange Reihe Gläser füllen. Heute nicht mehr nötig, nicht mehr gewünscht, stattdessen sitzt jeder allein oder in Kleingruppe in seinem Haus und fühlt Gemeinschaft nur über die zahlreichen albernen Promi-Game-Shows, Rate-Runden oder die 100. Chartshow im TV.

Ich hatte in den letzten Jahren meines Alleinseins genug Zeit, darüber nachzudenken. Vielleicht wird es einem auch erst in solch einer Situation wie der meinen bewusst. Erst wenn man etwas verloren hat, erkennt man den Wert.

Ein Klingeln zerreißt die Stille meiner Gedankengänge. Jemand an der Haustür, ein seltenes Ereignis. Wer mag das sein? Doch ein überraschender Gratulant, heute an meinem Geburtstag?

Der kleine Keimling meines Saatkorns Hoffnung wird jäh zerstört, als ich die Tür öffne und die junge Frau der neuen Nachbarn erblicke.

»Entschuldigen Sie die Störung ... ob Sie mir wohl mit einem Glas Gurken aushelfen könnten, wissen Sie so eingelegte, wir wollen doch heute Abend grillen und es soll Kartoffelsalat geben, an alles habe ich gedacht, aber nun fehlen ausgerechnet die Gurken«, so sprudelt es aus ihr heraus. Treuherzig lacht sie mir, leicht außer Atem, entgegen und streicht sich eine Strähne des blonden Haars aus dem Gesicht.

»Scheint im Stress zu sein«, denke ich, aber trotz des fleckigen T-Shirts und der ausgebeulten Leggings, diese Frau kann alles tragen. Aber vielleicht ist es auch ihre offene Art, durch die sie sich einfach abhebt von vielen hier ...

»Und, haben Sie ein Glas für mich?«, unterbricht sie meinen Gedankengang.

»Jetzt konzentrier dich doch mal, du Rindvieh, peinlich!«, beschimpfe ich mich innerlich und stammele ihr ein »Ja, klar, ich schau mal, Sekunde« entgegen.

Vorrats-Wirtschaft ist meine Stärke. In meinem jahrelangen Single-Haushalt, in dem nur ich allein das Sagen habe, ist alles im Übermaß vorhanden. Nichts soll mich überraschen, keine Notlage darf mich ereilen. Wenig später reiche ich der jungen Frau ein großes Glas entgegen.

»So, hier, gutes Gelingen«.

»Vielen Dank, na dann Tschüss«, antwortet sie und blickt mich dankbar-strahlend an.

»Nicht dafür, Tschüss«. Ich versage es mir, ihr nachzuschauen, würge den aufkommenden Schmerz des

Alleinseins hinunter und schließe die Tür. Doch ehe sie ins Schloss fällt, höre ich

»ach warten Sie!« Die Tür wieder geöffnet, steht sie schon wieder vor mir:

»Möchten Sie nicht heute Abend rüberkommen? Weil Sie doch unser Nachbar sind, nicht nur der »Gurken-Lieferant«, lacht sie.

»Ach nein ... ich möchte nicht stören ... das muss nicht sein« bekomme ich nur hervor. Ein Welle peinlicher Gefühle und Beschämung überschwemmt mich.

»Doch, doch, bitte kommen Sie, um 18 Uhr, ja?« Ist es ihre entwaffnende Art, meine spezielle Geburtstagsstimmung, die mich weicher und wehrloser macht, ich weiß nicht was mich überkommt, als ich einfach zusage.

»Ok, ich komme ... äh, danke für die Einladung«, bringe ich gerade noch hervor.

»Prima, dann bis später«, lacht sie. Diesmal schließe ich rasch die Tür, bevor eine neue große Woge an Scham mich wieder überrollt. Was habe ich getan? Was soll ich dort? Die sind doch total fremd. Und so anders. Was sollen wir da reden? Das wird irre peinlich! Du liebe Zeit!

»Dagegen wird Holz-sägen helfen«, denke ich, und stürze mich in die Arbeit. Der Stapel im Holzschuppen wächst während des Nachmittags und mir tropft der Schweiß von der Stirn. Nur die Gedanken reißen nicht ab, das Sägen und Stapeln ist ja nun auch keine gedanklich herausfordernde Arbeit.

Ich denke nach über die Sprach- und Beziehungslosigkeit hier im Dorf. »Landleben – da kennen sich die Menschen noch.« So wird immer darüber geschrieben.

Wenn die wüssten, die kennen nicht das Schicksal von Opa Franz. Ganz zu schweigen von den Fehden und Zwistigkeiten wie unklaren Grenzverläufen, wo einer dem anderen die paar Quadratmeter mehr nicht gönnt. Sie finden keine Lösung dafür, weil jeder nur mit markigen Sprüchen argumentiert. Keinem geht es um eine wirkliche Lösung, sondern nur um ihren Stolz und ihr Ansehen. Jeder Fehltritt, jede Niederlage des Kontrahenten wird dann hämisch kommentiert, auf ebensolche Weise mit anderen besprochen und dient nur dazu, den eigenen Selbstwert zu steigern. Und es endet oft in Nichtachtung und totalem Schweigen. Man verweigert sich lieber und lässt sich nicht mehr blicken bei den Festen des Dorfes.

Diesen Fehler habe ja auch ich gemacht. Die Scham war zu groß, so meinte ich. Und nun? Keiner klingelt mehr an beim Geburtstag. Früher als Jugendliche haben wir zusammen nächtelang gefeiert. Und heute kennt man sich bis auf Nicken kaum noch.

Keinem fällt auf, wie einsam Opa Franz ist. Keiner wundert sich, wenn der zu den Festen nur immer für eine Rostbratwurst erscheint, mit niemanden spricht und dann wieder verschwindet. Es fragt ihn aber auch niemand irgendetwas. Das wäre ja vielleicht peinlich, weil der dann knurrig wie immer reagiert – mit einem Spruch, eben wie alle hier. Und es ist ja auch viel leichter, in der nachbarlichen Runde zu verweilen. Da dreht man sich lieber weg, um das vermeintliche Elend nicht mehr zu sehen. Ich glaube, ich bin der Einzige, der bei Opa Franz dann und wann vorbeigeht und anhält, wenn der stundenlang in seiner geöffneten Haustür sitzt, für alle sichtbar. Ich habe gelernt, wie wichtig Zuhören ist. Ich weiß, es ist nicht wirklich ein Elend, in dem er lebt. Nur einsam. Er ist halt knurrig und sonderlich – geworden eben. Verdammte Sprachlosigkeit!

»Und was mach ich jetzt mit den neuen Nachbarn? Was ist so schlimm daran, da heute rüber zu gehen?«, frage ich mich. »Die sind doch so anders – ja dann lern sie doch kennen – und was soll ich sagen? – die schauen doch nur auf uns Dörfler herab – woher willst du das wissen?« – Ping-Pong in meinem Kopf.

Und schließlich der Gedanke: was habe ich eigentlich zu verlieren? Ich lebe doch nach all den Erfahrungen und den Ereignissen der vergangenen Jahre schlecht genug. Ich bin ja auch die meiste Zeit allein, der Kontakt zur Familie bis auf ein Rinnsal versiegt, von den Kontakten im Dorf ganz zu schweigen.

Ja, daran war auch ich nicht ohne Schuld. Mittlerweile kann ich es zugeben, zumindest vor mir selbst. Ich hätte ja auch wieder zu den Vereinstreffen des Schützenvereins gehen können, oder mich bei der Feuerwehr engagieren können. Aber dazu sind mein Stolz und die Scham bisher zu groß gewesen. Ich weiß ja wie sie hier reden, ich bleibe doch eh nur der »Gescheiterte«, geschieht ihm und seiner Familie recht, die hatten doch immer nur das große Wort. Immer hatte ich gemeint, das in den Augen der anderen zu erblicken.

Gewiss, es gibt andere hier, die auch allein sind, ohne Frau, sogar noch nie eine Frau gehabt haben, zumindest nicht dem Standesamt nach. Die haben vermutlich eine Eisbärfell-dicke Haut. Es macht ihnen scheinbar nichts aus, dass sie ein Leben lang im gleichen Haus wohnen, mit Mutti und Vati, nichts anderes gekannt haben und ihr Selbstwertgefühl neben dem Brot-Job und dem neuen SUV nun daraus ziehen, im Laufe der Jahre immer mehr zum Versorger von Mutti und Vati zu werden. Ihnen genügt die bierselige Geselligkeit der Vereinstreffen und an Festtagen. Aber die haben ja auch nie über Ansehen verfügt hier im Dorf, die hatten keinen Ruf zu verlieren, so wie ich als Sohn der großen Familie. Und sie haben eben auch ein Eisbärenfell, ich nicht.

Zu viele Jahre sind vergangen, einen neuen Anfang im Dorf wage ich nicht. Zu einem neuen Anfang gehören ja auch immer zwei, auch die andere Seite. Aber von der ist nicht viel zu erwarten. Dazu kenne ich sie zu gut, all die Holzköpfe.

Doch ich könnte es tatsächlich versuchen … mit den neuen Nachbarn. Vielleicht ist mein Geburtstag ein guter Tag dafür, wie ein Start in ein neues Leben – uuh, das klingt aber dramatisch! Nein das ist zu viel, mach mal kleinere Brötchen. Also so: ich geh einfach rüber und versuche nur an diesem Abend etwas anders als sonst zu machen. Die Frau, sie ist so offen, vielleicht sollte ich mir an ihr ein Beispiel nehmen und versuchen auch mal offen zu sein, für sie und die ganze Familie und deren Leben, das sie hier ins Dorf gebracht haben, an die Grenze zu meinem Grundstück.

Es hat sich so viel hier verändert … die Geburtstagstafeln der Kindheit werden eben nun zu Grillabenden mit den neuen Nachbarn. Aber eins sage ich denen gleich:

hier duzen sich alle, gleich und sofort, das ist so im Dorf, das können die Städter von uns lernen.

Und dann fällt mir ein: gilt das nicht ähnlich dem Umgang mit den Flüchtlingen? Unsere Welt verändert sich, unvermeidlich, hier im Dorf mit neuen Bewohnern genauso wie überall in Deutschland. Es ist eine ständige Herausforderung für alle, jeder muss sich auf neue Umstände einstellen, bereit sein, sich zu verändern, von liebgewonnenem Abschied zu nehmen. Manche werden dazu gezwungen von Bomben, Krieg, vermeintlichen Diktatoren und angeblich guten Demokraten, die meinen, die Wahrheit gepachtet zu haben. Egal, überall sind wir umgeben von Menschen, die sich anpassen müssen, verändern müssen. Es wird nur gehen, wenn jeder offen ist für den anderen und nicht aus seiner eigenen Meinung ein unumstößliches Gesetz macht.

Was für große Worte kommen mir denn heute, seltsamer Tag. Doch jetzt sollte ich unter die Dusche und mich dann einfach freuen auf einen einfachen Grillabend bei den Nachbarn.

Neubeginn

*H*aben Sie noch einen Wunsch?«

Sowohl die Frage als auch die Stimme gehen mir auf die Nerven. Ich muss die Augen nicht öffnen, um zu wissen, dass es die blonde, stämmige, immer gehetzte Schwester ist, die mein Zimmer hier auf der Palliativstation des hiesigen Krankenhauses betreten hat. Ich kenne ihren aus der Not unempathischen Tonfall, der den Inhalt ihrer Worte Lügen straft. So schüttele ich nur den Kopf und gebe ein kurzes »nein, danke« zur Antwort.

Das, was ich wünsche, kann sie mir nicht geben. Ich wünsche mich an einen anderen Ort, in eine andere Zeit. Vor einem Jahr noch war ich mit meinem Mann Ralf an den schönsten Stränden der Welt gewesen, hatte aufregende Städte besucht und auf dem Kreuzfahrtschiff mehr oder weniger geistreiche Gespräche bei eleganten Diners geführt. Es waren halbwegs sorglose Jahre gewesen nach unser beider Eintritt ins Rentenalter. Dass es nur wenige werden würden, hatte ich zwar oft befürchtet, aber es war mir meist gelungen, die Angst in die hintersten Ecken meines Verstands zu bannen.

Jetzt, hier, ist die Realität, die Gegenwart umso präsenter, es gibt kein Entrinnen mehr. Meine Hände ruhen auf dem weißen Baumwollstoff der Bettdecke. Es bleibt mir nicht viel mehr, als hier still zu liegen und endlich den Gedanken ihren Lauf zu lassen, der Konfrontation nicht länger auszuweichen. Wenn ich es nicht mehr aushalte und genügend Kraft habe, greife ich zu meinem Smartphone, das ist das Fenster zur Welt, das mir geblieben ist. Die Nachrichten, das turbulente Weltgeschehen haben mich noch nie so recht interessiert und sind mir nun herzlich egal. Nein, ich habe die kurzweiligen Filmchen und witzigen Clips entdeckt. Eine Flut, die täglich neue Wellen bringt, worüber ich sehr dankbar bin. Ich will nichts mehr als Zerstreuung in meinem reduziertem Leben.

Und täglich werden die Möglichkeiten, die mir noch bleiben, geringer. Meine Kraft schwindet mit jedem Tag, das Atmen fällt mir trotz der Drainage, die das Wasser aus meinen Lungen pumpen soll, schwer. So ist das wohl am Ende des Lebens, meines Lebens, das leider nicht mit einem Schlag, peng, vorbei ist oder so gnadenreich unerwartet im Schlaf zu Ende geht. Die Bilder der Vergangenheit, die vielen Erinnerungen kriechen in mein Bewusstsein, zwingen zum Resümee.

Diese den Körper zerfressende Krankheit hat mich schon seit über 20 Jahren im Griff. Ich habe alles ausgehalten: all die Operationen, die Verstümmelungen, die vielen Infusionen mit dem Gift, das die Tumorzellen vernichten sollte, dabei aber auch vieles andere mit in den Abgrund riss. Manches davon kam wieder, meine Haare wuchsen nach der Therapie schöner denn je. Und Ralf war immer an meiner Seite, das waren die wenigen positiven Erfahrungen, die ich in dieser Zeit machte.

Bei der anschließenden Reha entdeckte ich mein Talent zum Malen. Leuchtende Farben strahlten in mein Herz, ich lernte es, ihre Kraft zu trinken. So muss es wohl auch anderen ergangen sein, die die Resultate meiner Kunst betrachteten, denn die Bilder fanden Beifall und sogar Käufer, als ich sie in einer Galerie ausstellen durfte.

Ich erlernte auch die Technik des Autogenen Trainings und durfte dabei erfahren, wie leicht mir das fiel. Das wurde zum Einstieg in eine neue Welt für mich.

Manchmal ereignen sich die Dinge im Leben wie von selbst, man wird in eine Richtung fast geschubst. So war es auch mit dem Klartraum-Seminar. Die Veranstalter waren ein Heilpraktiker-Paar, deren Praxis sich ein paar Häuser weiter befand. Ich war zur Behandlung dort gewesen. Ein Wort gab das andere, kurzum: ich stellte den beiden meine großen Atelier-Räume zur Verfügung und durfte dafür kostenfrei an dem Seminar teilnehmen.

War es anfangs nur Offenheit und Neugierde gewesen, so lernte ich bei den Treffen nicht nur viele interessante neue Dinge sondern auch Menschen kennen, die ganz anders waren als mein bisheriger Bekanntenkreis. Ich wurde eingefangen von den Gesprächen, wahrhaftig neue Dimensionen für mich.

Anfangs erzählte ich Ralf noch begeistert davon, doch ich merkte rasch, hier mochte er mir nicht mehr folgen. Es machte ihm auch scheinbar Angst, er schwieg fortan bei meinen Berichten. Im besten Fall. Oft ließ er sich auch zu abfälligen Bemerkungen hinreißen. Das Überleben der Krankheit hatte mir aber auch eine Portion Kraft zu größerer Unabhängigkeit geschenkt, so ging ich diesen Weg unbeirrt weiter.

Aus der Gruppe wuchs nach Ende des Seminars ein neuer Freundeskreis, die Gespräche dort hatten Tiefe, gruben an den Wurzeln des Daseins und den Windungen der Psyche, ungewohnt für mich, neu, aber durchaus reizvoll und sehr anregend. Ich nahm davon das, was mich interessierte, las dann die empfohlenen Bücher und entdeckte auch neue Dimensionen meiner eigenen Empfindungsfähigkeit. Meine Sicht wurde breiter und meine Welt um ein Vielfaches größer und sehr reich. Die anderen in der Gruppe staunten mitunter, wenn ich ihnen von meinen Wahrnehmungen berichtete, die für mich zwar auch neu waren, aber so deutlich und in einer Art selbstverständlich, dass ich sie mühelos als richtig annehmen konnte.

»Du bist eine Schamanin«, beschrieb einer aus der Gruppe seinen Eindruck, als ich wieder einmal erzählte, was ich gesehen hatte. Verwundert hatte ich ihn angeschaut. Die Bedeutung, in Worten ausgesprochen, diesen Schritt hatte ich für mich selbst noch nicht gehen können. Aber hatte er womöglich Recht? Eigentlich war es schlüssig, es fühlte sich jedenfalls so an, auch wenn es in meinem Kopf so völlig neu war und irgendwie auch befremdlich klang.

»Du solltest diesen Weg weitergehen«, war die logische Fortsetzung seines Satzes. Doch davor schreckte ich nun wirklich zurück. Wie denn? Wo denn? Ich? Und meine bisherige Welt? Und Ralf?

Zugegeben, ich war gerade wieder an einen Wendepunkt in meinem Leben gelangt, nachdem ich mittlerweile einen neuerlichen Schub der Krankheit bewältigt hatte und meine Kinder ihr eigenes Leben begonnen hatten.

Ich suchte nach einem neuen Kapitel in meinem Leben. Doch konnte das tatsächlich mein Weg sein? Der erschien mir so beunruhigend leer, da unvorstellbar, hatte ich doch nur meine bis dahin geringen Kenntnisse über diese neue Welt.

Und auf der anderen Seite war da Ralf. Der hielt mir genauso schlüssig vor, ich solle doch vielmehr auf meine gesammelten Erfahrungen in meinem Beruf als Sekretärin aufbauen, da gäbe es tolle Angebote des Arbeitsamtes für Weiterbildungen. Das verspräche vielleicht einen neuen Job mit garantiertem Gehalt, und es lohne sich doch auch wegen der größeren Rente. Ganz der Versicherungsagent. Aber er hatte ja nicht Unrecht. Da war einerseits der Weg ins beängstigend Unbekannte, der mir vielleicht mehr entsprach, andererseits der in die bekannte Welt der Sicherheit mit viel größerer Wahrscheinlichkeit von Anerkennung und Bestätigung.

Es wurde eine Zerreißprobe für Ralf und mich. Je weiter ich dem unbekanntem Weg entgegen schritt, umso unleidlicher wurde Ralf. Die steigende Bedrohung seiner Welt empfand er schließlich als so groß, dass auch er krank wurde. Nicht so ernst wie ich, aber es ging ihm längere Zeit nicht gut und man fand keine Ursache. Für ihn ging es um das Fortbestehen unserer Beziehung, für mich hätte es beides geben können: mit seiner Toleranz das Beschreiten meines Wegs in meine neue Zukunft und unsere Beziehung. Doch für ihn war dieser Schritt zu groß, das machte er mir klar. Ich hatte nun die Wahl: alleine meinen Weg ins gänzlich Unbekannte oder gemeinsam weiter in der zwar etwas kleineren aber auch angenehm vertrauten Welt.

Die Bereitschaft zu Anstrengung und Leistung für eine festumrissene Aufgabe mit bekanntem Ergebnis war mir näher. Aber aus meiner neuen Welt kam auch Hilfe und Bestätigung zu meinem Schritt, der mir nicht leicht fiel. Ich lernte es, durch Gespräche mit Astrologen und Rückführungs-Therapeuten unsere Beziehung nun auch als meine Aufgabe, mein Dableiben an seiner Seite als meinen Dienst für ihn zu begreifen. Ob es so war? Es war meine Wahrheit, zu dieser Zeit.

Die Entscheidung führte in ein neues erfolgreiches Berufsleben für die nächsten 10 Jahre. Keine leichte Zeit, ich hatte das Gefühl, dass viel mehr Kraft als früher dafür erforderlich, wäre. Aber ich war ja auch ein gutes Stück älter geworden. Mit einer ordentlichen Portion Sport in der Woche und auch viel Disziplin erreichte ich meine Ziele. Ich erhielt viel Anerkennung, erlebte interessantes auch in dieser Welt und arbeitete bis zur angestrebten Höhe meiner Rente.

Für die andere Welt blieb nicht viel Zeit und wenig Raum, nur ab und an gab es die Treffen mit den Freunden aus dem Seminar und hin und wieder ein Gespräch in tiefere Schichten des Daseins. Das klingt ein wenig dröge, nein, ganz so war es nicht. Es blieb mir ja noch meine Beziehung zu Ralf, unsere Reisen, die gemeinsamen Freunde, Theater-Besuche, ein angenehm plätscherndes, kurzweiliges Leben.

Die Rente brachte ein unangenehmes Erwachen. Das Ziel war erreicht, der Preis: ich war im letzten Viertel meines Lebens angelangt. Es fiel mir schwer, dies zu konfrontieren, aber nun mit der 6 im Lebensalter und der freien Zeit konnte ich nicht länger die Augen davor verschließen.

Wie so oft an den Weggabelungen meines Lebens wurde ich wieder krank ... und hatte wieder eine neue Aufgabe: die Krankheit erneut besiegen. Dieser Herausforderung widmete ich mich intensiv, bis hin zu Hypnose und Ernährungsumstellung.

Und wieder wurde mir ein Aufschub gewährt. In mir war nur der Gedanke an den Gewinn von Zeit und Leben. Eigentlich dachte ich noch nicht mal an »Gewinn«, denn das hätte eine Endlichkeit suggeriert, ein Maß von Tagen, Wochen, Monaten je nach Höhe meines Gewinns. Nein, ich wollte das Jetzt leben, nur im Moment.

Es wurde eine Vielzahl Momente; Jahre, in denen wir viel reisten, die schönsten Städte der Welt sahen. Es war ein Geschenk für mich, für Ralf und für unsere Beziehung. Und es wird mir jetzt klar, dass man die Reihenfolge eigentlich anders anordnen müsste: für Ralf, für uns und am Ende für mich. Moment für Moment bereicherte uns, schuf schöne Erinnerungen, Bilder von kitschigen, aber so schönen Sonnenuntergängen bei dunkelrot funkelndem Wein in den Gläsern vor uns. Nicht zu vergessen all die Sehenswürdigkeiten, ihre Geschichte, Kultur und Bedeutung, die uns ergriff und uns staunen ließ.

Aber in der Bereicherung durch all das Schöne und in all den Erlebnissen in der äußeren Welt ging ich dabei verloren. Ich merkte es nicht, dass ich vom Weg abkam, einen Weg beschritt, der nicht zu mir führte. Ich wollte es nicht merken, bannte jeden Zweifel und jeden Hinweis auf Wege ins Innere aus meinem Leben.

Auch Gespräche mit den Freunden aus dem Seminar damals brachten mich nicht zurück zu mir, ich ließ es auch nicht zu. Es hätte mein Dasein zu sehr gefährdet, aber das war mir damals nicht bewusst. Die Gruppe zerbrach ohnehin durch neue Entwicklungen im Leben, die jeden von uns trafen. Es blieben seltene Unterhaltungen mit einzelnen, die nur in ungefährlichen Bereichen in die Tiefe führten. Dann spürte ich zwar den Sog, der von dem Weg in neue Wahrheiten ausgeht, nahm Anregungen für lesenswerte Bücher auf, aber mein Inneres blieb unberührt. Mich näher dorthin zu bewegen, wäre zu gefährlich gewesen. Mühelos glitt ich wieder in meine vertraute Welt.

Diese zerbrach dann vor einigen Monaten, der Aufschub, den ich erhalten hatte, war dahin. Die Krankheit hatte wieder Besitz von meinem Körper ergriffen. Schwindelattacken und bald auch CT-Bilder zeigten die Ausbreitung der Metastasen im Kopf. Ich mobilisierte alle Kräfte und Möglichkeiten, um die bevorstehende Hochzeit meines Sohnes noch mitfeiern zu können, was gelang. Wenige Tage danach brach ich zusammen. Es folgten Wochen und Monate im Krankenhaus, teils der Welt entrückt im Koma. Aber noch mochte ich nicht aufgeben, das Loslassen fällt doch schwer. Vielleicht umso mehr, wenn man die Welt des Todes wenig erkundet hat.

Einige Monate vor meinem Zusammenbruch hatte ich mit dieser Erkundung erst begonnen, war das die Einleitung zu meinem eigenen Weg? Ich hatte auf Anregung einer Freundin die Vorführung eines Mediums besucht. Und wie immer, wenn ich nur meiner Intuition nachgegangen war, wurde das dann folgende Erlebnis wegweisend für mich. Das, was ich dort erlebte, gab mir einen Einblick in eine jenseitige Welt, die mir auf sonderbare Weise selbstverständlich erschien. Ein Seminar, das ich wenig später besuchte, sollte meinen eigenen Eingang in die Kommunikation mit Verstorbenen lehren. Den fand ich mühelos. Eine unglaubliche, völlig neue Welt lag vor mir.

Die ich aber vorerst nicht weiter erkunden kann. Und somit sind wir nun wieder da angelangt, wo ich begonnen habe: im Bett auf der Palliativ-Station des Krankenhauses, die Drainage in meiner Lunge, die mir den Raum für Luft hier auf der Erde schenken soll. Für ein paar Tage noch, vielleicht länger. Der Abschied fällt schwer, ich hätte gerne so vieles noch erlebt und erfahren.

Aber am Schlimmsten ist es, den Schmerz in den Augen meiner Familie zu sehen. Tapfer lächeln sie mir entgegen, bemüht positiv. Das Schwere wird verbannt, wie immer. Ich spiele mit dabei, wozu es noch schwerer machen, als es schon ist. Die lustigen Clips, die ich im Internet finde, helfen immens, für gesprochene Worte reicht meine Luft sowieso nicht.

Es reicht, wenn ich es weiß, dass ich auf dem Weg bin. Endlich auf meinem Weg bin. Gestern, im Halbschlaf, sah ich auf einmal meine verstorbene Schwester an meinem Bett sitzen. Es war so schön sie zu sehen, unversehrt und nicht so wie an ihrem Ende, ausgezehrt von eben der gleichen Krankheit. Wir lächelten uns an und ohne Worte wusste ich, dass sie mich erwartet. Ich dämmerte wieder hinweg in einen traumlosen Schlaf, der keine Erholung mehr beim Erwachen schenken kann.

Doch dann kamen neue Bilder und eine neue Wahrnehmung. Ich sah mich selbst, blickte auf mich herab, meine Gestalt im Bett mit all den Schläuchen und Infusionsflaschen. Aber die Schwere war nicht mehr da, ich fühlte mich wunderbar leicht. Ich dachte an Ralf und sah ihn augenblicklich vor mir, ich sah unser Wohnzimmer und ihn in seinem Sessel zusammengesunken vor Kummer. Ich war nun ganz nah bei ihm, vielleicht spürte er etwas, jedenfalls hielt er inne, seufzte tief und erhob sich wenig später.

Ich konnte mir alles anschauen, was im Folgenden geschah, war bei allem zugegen. Es war seltsam zeitlos, ich erlebte alles zugleich. Ich sah dabei zu, wie Ralf an meinem Bett weinte, neben dem nun leblosen Körper, der mich durch die Welt getragen hatte. Ich war bei vielen Menschen, die ich gekannt hatte, sah sie und konnte noch vieles mehr sehen: auch ihre Betroffenheit und Trauer. Das war viel deutlicher als jemals zuvor. Die Trauer von Ralf war am stärksten, auch das konnte ich wahrnehmen, wie eine graue Wolke umgab sie ihn und trennte ihn von allem anderen. Aber sie ergriff mich nicht mehr so wie es früher gewesen war, ich fühlte mich einfach anders und unendlich leicht.

Schließlich war ich auch zugegen bei der Zusammenkunft der Gruppe dunkel gekleideter Menschen in jenem kleinen Ort im Schwarzwald, den ich so geliebt hatte. Der Ablauf der Feier so wie auch die Blumen auf dem Sarg, waren mir seltsam unwichtig. Es erwies sich als das größere Erlebnis, die Gefühle aller wahrnehmen zu können, ich sah ihren Schmerz, ihre Tränen, auch wenn sie bei einigen im Hals stecken geblieben waren. Es lag alles wie ausgebreitet vor mir.

Ebenso klar wusste ich nun auch um meinen Weg. Mir war auf einmal bekannt, dass als nächstes anstand, mein gerade beendetes Leben gründlich zu untersuchen. Ich würde wichtige Stationen, Wendepunkte noch einmal sehen wie in einem Film, ich würde sie mit meinen Lehrern hier besprechen. Sie würden mir erklären, was ich gut bewältigt hatte und wo ich etwas versäumt hatte. Wenn ich es nicht schon selbst erkennen würde. Denn vieles ist hier so viel klarer. Ich weiß jetzt, dass ich damals auch den anderen Weg hätte nehmen können. Ich hätte mehr von diesem unsichtbaren Wissen gelernt und meine mir gegebenen Fähigkeiten erweitern können und Erfahrungen gemacht mit ihrer Anwendung. Dieser Weg hätte aber auch viel Leid gebracht, für Ralf, weniger für unsere Söhne.

Und ich weiß jetzt, dass es auch die Aufgabe gab, eine alte Geschichte, die mich mit Ralf verbunden hatte, zu lösen. Ich hatte ihm noch etwas zurückzugeben. Das habe ich in diesem Leben getan und ich habe es gern für ihn getan. Er hätte mich auch begleiten können auf meinem Weg, aber so weit war er noch nicht. Ich werde noch eine Weile bei ihm bleiben und versuchen, ihm Möglichkeiten zu weisen, die ihm helfen können. Wir werden immer verbunden sein, nun aber auf einer neuen Stufe.

Ich weiß es jetzt wieder deutlicher: jeder hat seinen Weg und ich werde nun einen neuen beschreiten, frei, bereit dafür, neues zu lernen. Irgendwann auch wieder in einem neuen Leben auf der Erde.

In Gedenken an J.,
inspiriert von Michael Newton, Ursula Demarmels,
Theresa Caputo, Eva Ullrich und Gail Riding;
um nur einige zu nennen.

Aus – Ende?

*E*s ist ein Morgen wie so viele, die ich bereits erlebt habe, eigentlich. Und doch ist heute alles anders, aber das ist noch nicht sichtbar, vorerst existiert nur der Plan und ein Brief, der neben mir auf dem Tisch liegt.

Alles andere ist wie immer: der große Becher mit verführerisch duftenden Kaffee, ein Croissant und das Wall Street Journal. Dieses Ritual war immer mein Einstieg in einen aufregenden, neuen Tag, die letzten 20 Minuten, in denen ich mich einer vermeintlichen Ruhe hingebe.

Allerdings ist dann, bildlich gesprochen, schon das Kräuseln der Wellen in meinem Innern zu spüren, wenn ich die Seiten der Zeitung aufschlage, um einen Blick auf die Artikel der Finanz-Analysten zu werfen. Letztlich sind die darin enthaltenen Fakten nicht wichtig, die kenne ich meist sowieso schon. Es ist die Meinung, die zählt, das Bild, das sich abzeichnet, die Tendenz, wohin die Meute wandern könnte. Das, was ich gedruckt in den Händen halte, ist jetzt, in diesem Moment, schon längst überholt von neuen Informationen, die die geschriebene Meinung längst in eine andere Richtung gedrängt haben mag.

Warum lese ich dies dann noch? Es ist eigentlich ein liebgewonnenes Ritual, übriggeblieben aus den Anfängen meines beruflichen Weges, einer viel langsameren Zeit des Handels und der Übermittlung von Börsenkursen und Informationen. Aber ich halte nicht nur aus Sentimentalität daran fest, oft genug schon habe ich erlebt, wie gerade in diesem Augenblick der Ruhe geniale Ideen die Kraft hatten, in mein Bewusstsein durchzudringen, so als ob das dichte Treiben des Tages dies sonst blockiert. Die jagenden Gedanken im Handels-Alltag, die stete Wachsamkeit und Bereitschaft, von einer Minute auf die andere zu blitzschnellen Entscheidungen fähig zu sein und diese auch auszuführen, verhindern, dass die grandiosen, aber ungleich zarteren Eingebungen ihren Weg in mein persönliches Denk- und Handelszentrum finden. Mein morgendliches Ritual mit der Zeitung bildet ein notwendiges Substrat für meinen erfolgreichen Weg als Broker an der Wall Street über die Jahre hinweg. Und jeder Tag an der Börse ist mit seinen Entwicklungen spannender als manch ein Psychothriller.

Ich gehörte nie zu den Cracks. Solides, verlässliches Mittelmaß mit seltenen Coups, die mir gelangen, sicherten meinen Werdegang. Ich habe viele überlebt, die sich fortreißen ließen von ihrem Erfolg, die sich berauschten an den riesigen Geldbeträgen, die auf ihr Konto flossen. Es sind immer die Hungrigen, die diesen Job suchen und darin erfolgreich sind. Aber oft genug sind es auch die, die daran zerbrechen, weil sie die Zahl der Nullen vor dem Komma als Maß und Bestätigung für ihren Selbstwert benötigen. Im Dauerrausch investieren sie das Verdiente umgehend in andere Möglichkeiten des Kicks: zahllose Frauen, Partys, Kokain. Solch ein Dauerrausch ist nicht zu überleben, vielleicht körperlich aber selten beruflich. Irgendwann haut dich ein Fehler aus der Bahn. Wenn du Glück hast und genial bist, kann dich die nächste Transaktion wieder in die Spur zurückbringen, aber irgendwann bist du dran und blitzschnell packst du deinen

Karton und bist raus aus der Tür. Nein, ich habe es geschafft zu widerstehen.

Ich betrat diese Bühne Mitte der 80er Jahre, vom Hype der bald folgte, war noch wenig zu spüren und so habe ich vielleicht eine bessere Basis erhalten als die, die mir folgten. Allerdings musste ich mich auch mehr anstrengen, um alle neuen Trends und vor allem die technischen Möglichkeiten, die alles um ein Vielfaches beschleunigten, aufzunehmen. Auch da habe ich manch einen scheitern sehen, die an alten, konservativen Handelspraktiken und ihren Grundsätzen zu lange festhalten wollten.

Vielleicht war ich in dieser Zeit noch jung genug. Mir fielen all die Veränderungen leicht, die 1994 mit dem neuen Bankengesetz, der Aufhebung von Beschränkungen und mit weiteren Lockerungen 1999 Einzug fanden, weil ich eine grundlegende Liebe besitze für das, was da vor sich geht. Ich liebe die Zahlen und Kursreihen, die Chartkurven und Kennzahlen der Firmen, die so viel jenseits von dem verraten, was die Manager in ihren Statements weismachen wollen. Vielleicht weil ich nicht so emotional veranlagt bin oder weil ich mich mit meinem kühlen Kopf zu kontrollieren weiß, aber vor allem, weil ich nicht nach den saftigsten Trauben streben muss.

Aber ich bin leider auch nicht der Heilige, als der ich jetzt nach diesen Worten erscheine. Auch ich habe mir etwas vorgemacht und muss nun meinen Blick auf die dunklen Flecken auf der Weste richten. Lange habe ich mir eingebildet, dass ich zu den Guten gehöre. Aber gibt es die Guten hier überhaupt?

Das geliebte Morgenritual ist so fad geworden wie der Himmel grau, als mein Blick heute über die Skyline meiner geliebten Stadt gleitet. Der Kaffee schmeckt heute leicht bitter und der Blick auf die Worte und die Zahlen im Blatt vor mir ruft nur noch Müdigkeit hervor.

Nein, ich bin nicht altersdepressiv oder ausgebrannt. Meine Welt hat einen gewaltigen Riss bekommen. Es ist, als ob endlich jemand den Schleier fortgerissen hat, der mir den Blick auf das Tatsächliche bisher vorenthalten hat. Und mein sonst so brillanter Verstand fragt mich heute wieder, was mich daran hinderte zu sehen, das zur Kenntnis zu nehmen, was schon lange überdeutlich zu sehen war. Es ist eine rhetorische Frage und deshalb ist die Antwort umso schmerzhafter, weil sie genauso präsent ist, wie die Frage selbst: auch ich habe mich belogen, ich bin nicht besser als die, die ich vorhin verurteilte, ich gehöre genauso zu der egozentrischen Meute dazu.

Am Anfang der Geschichte, die in den heutigen Tag mündet, stand eine Nacht auf einer Fähre, irgendwo in der Ostsee, auf der Überfahrt vom ostdeutschen Warnemünde in das dänische Gedser, Orte, deren Straßen mir unbekannt blieben, ich fuhr nur mit dem Zug hindurch.

Zusammen mit einem Freund war ich in diesem Sommer auf die für US-Amerikaner so beliebte Europa-Tour aufgebrochen. Das liegt nun mehr als 30 Jahre zurück. Wir hatten einige Tage in der damals noch geteilten Stadt Berlin verbracht und mit eigenen Augen die legendäre Mauer, die die Metropole in der Mitte durchtrennte, von beiden Seiten aus betrachtet. Für uns als Angehörige einer der Siegermächte des 2. Weltkriegs war das möglich, für die Bewohner der Stadt nur teilweise oder gar nicht. Es waren eindrucksvolle Tage, jene Wochen eine Aneinanderreihung von aufregenden Städten und Menschen.

Am letzten Abend in Berlin stiegen wir in den Zug, der uns von dort nach Kopenhagen, Dänemark bringen sollte. In dieser Nacht wurde der Samen gelegt, dessen Früchte heute mit Trauer und Bitterkeit verbunden sind. Er lag lange in der dunklen Erde und hat lange gebraucht um zu keimen.

In diesem Sommer hatte ich viele attraktive Mädchen kennengelernt, mit vielen geflirtet und gelacht. Wir hatten an lauen Sommerabenden in Straßencafés gesessen und in angesagten Discos, heute würde man Clubs dazu sagen, getanzt. Berlin war schon damals ein Hotspot, an dem junge Menschen aus allen Ländern aufeinandertrafen und man ein Stück der Welt auch durch die Menschen kennenlernen konnte.

Die junge Frau, die ich an diesem Abend auf dem Bahnsteig erblickte, als wir auf den Zug warteten, hob sich ab davon. Nicht weil sie atemberaubend schön war, sondern weil ich wohl ahnte, dass sich unter ihrer Schlichtheit viel mehr verborgen hielt. Nach all den hellblonden und dunkelhaarigen Schönheiten der vergangenen Wochen empfand ich ihre schulterlangen, aschblonden, leicht welligen Haare als angenehm natürlich. Sie trug sie mit leuchtend orangefarbenen Spangen aus dem Gesicht gesteckt. Nur die engen Jeans ließen ihre zierliche Gestalt erkennen, jegliche weibliche Rundungen blieben verhüllt unter einer weiten Jacke.

Vielleicht waren es ihre wachen Augen, ihr neugieriger Blick, der die umstehenden Menschen musterte und immer wieder auch bei mir hängen blieb. Ich sprach sie einfach an, meine Muttersprache Englisch verstand sie wohl gut, aber nach ein paar kurzen Sätzen war die Möglichkeit eines Gesprächs auch schon wieder dahin, weil sich leider unser Zug näherte. Einen kurzen Moment schenkte sie mir mit ihrem Lächeln einen Blick in ihr Herz, ich erhielt noch ein freundliches Nicken und schon war sie verschwunden im Gewühl der Menschen, die zu den Türen des Zuges drängten.

Mitten in der Nacht gelangten wir zum Ostseehafen Warnemünde, in der damaligen DDR gelegen. Unerschütterlich wirkende Grenzpolizisten kamen in den Zug und überprüften sorgfältig jeden Reisenden. In der mondlos dunklen Nacht war nichts von der Umgebung durch die Fenster zu erkennen. Die Welt war beschränkt auf diesen altertümlichen Zug, grell erleuchtet von Neonlampen aus einer längst vergangenen Zeit, und die scheinbar endlosen Kontrollen von wortkargen Männern in grauer Uniform. Auch dieses Erlebnis gehört zu den eindrucksvollen Erinnerungen meiner Reise im geteilten Deutschland.

Erst nach gründlicher Durchsuchung des gesamten Zuges durfte dieser auf das riesige Schiff fahren. Mein Freund Andrew und ich waren verwirrt, als kurz danach umtriebiges Leben um uns herum einsetzte. Es war doch mitten in der Nacht, was wollten die alle?

Es dauerte ein wenig, bis wir den Mut hatten, uns den Menschen anzuschließen. Wir verließen unser Abteil und stiegen zusammen mit dem Pulk der Reisenden aus dem

Zug und kurz darauf durch steile Treppenhäuser im Bauch der Fähre hinauf in unbekannte Höhen.

Gleich hinter den schweren Stahltüren des Treppenhauses eröffnete sich eine in Anbetracht der nächtlichen Stunde absurd wirkende quirlige Welt: geschäftig eilten die Menschen um uns herum, die große Attraktion war der Shop, wo zollfreie Waren verkauft wurden, aber auch im benachbarten Bistro waren fast alle Tische besetzt. Es genügte ein kurzer verständiger Blick zwischen Andrew und mir und wir schlenderten durch die Menge hindurch, hin zu den Treppen und Türen, die nach oben, nach draußen auf das offene Deck führten.

Ich habe schon immer das Meer geliebt und selbst ein pechschwarzes Meer in der Nacht war um ein Vielfaches reizvoller als dieses konsumgesteuerte Treiben im Schiffsinneren. Es war herrlich, nach der stickigen Luft an der Reling lehnend den lauen Fahrtwind zu spüren. Die große Fähre durchpflügte die Wellen, eine Vielzahl weißer Schaumkronen inmitten des aufgewühlt glitzernden schwarzen Wassers, scheinbar verloren im Nirgendwo, weil die Dunkelheit alles Weitere verschluckte.

»Schau mal, da ist sie wieder«, Andrews Worte durchschnitten den meditativen Moment und als ich mich umdrehte, stand sie nicht weit entfernt von uns und lachte uns schüchtern zu. Ein paar Schritte - und mühelos gelang es uns, das im Bahnhof unterbrochene Gespräch wieder aufzunehmen. Und endlich gab es genug Zeit, mehr über sie zu erfahren: mit gerade 20 Jahren war Marie also vier Jahre jünger als ich und hatte gerade ein Studium in ihrer Heimatstadt Berlin begonnen. Sie war auf dem Weg zu ihren Eltern, die an der nördlichen Küste von Seeland, der Hauptinsel Dänemarks, schon seit ihrer Kindheit ihren Urlaub verbrachten.

An Fakten wie diesen hielten wir uns aber nicht lange auf. Das Meer so berauschend vor uns, war es einfach, über diese Liebe von uns beiden einen Weg zueinander zu finden. Für Marie war es scheinbar leichter die fremde Sprache zu verstehen, als selbst zu sprechen und ihre interessierten Fragen taten ein Übriges. So erzählte ich ihr von meinem Leben, von meinem großen Land, von Reisen und von meinem Leben in New York. Auf meiner gesamten Reise und auch später habe ich selten jemanden getroffen, der so aufmerksam zuhörte, so viel Anteil nahm und scheinbar alles in sich aufsog, was ich von mir gab. Doch das verschwand dann nicht einfach so, sondern wurde verarbeitet in einer neuen Frage wieder aufgenommen. Unser Gespräch war die reine Freude! Das Meer bildete nur noch die schöne Kulisse im Hintergrund.

Viel zu schnell wurde es Zeit, wieder hinunter zu steigen zu unserem Zug, denn die Lautsprecher des Schiffs verkündeten in die Dunkelheit hinein, dass wir uns der dänischen Hafenstadt nähern würden. Doch das beendete das Gespräch keineswegs. Während der Zug bald wieder ratternd die Landschaft durchquerte, standen wir nun im Gang des Zuges, sahen durch die Fenster wie sich der Himmel am Horizont langsam hellblau färbte und die Welt draußen wieder sichtbar wurde. Andrew hatte sich längst diskret verzogen und schlief in unserem Abteil. Marie und ich redeten und redeten. Ich weiß nicht länger worüber, heute ist mir davon nicht mehr in Erinnerung geblieben als ihre wunderschönen blauen Augen und das Gefühl, einen einzigartigen Moment erlebt zu haben.

Aber es sind eben Momente, sie dauern nicht an. Bei uns endete dieser, als sie in einer kleinen Stadt umsteigen musste, um mit einem anderen Zug dem Ort entgegenzufahren, wo ihre Eltern sie abholen würden. Ich trug ihr noch den Koffer nach draußen, umarmte sie endlich, ein Kuss auf die Wange war die größte Nähe zwischen uns. Dann hörte ich schon den Pfiff, stieg zurück in den Zug, ein letzter Blick, ein letztes Winken und der Abstand wurde unendlich weit bis ihre zierliche Gestalt sich in der Weite verlor.

Die Erinnerung an diese Nacht schwand nie ganz, aber sie wurden von neuen Erlebnissen in Kopenhagen und den folgenden Städten meiner Reise immer weiter in den Hintergrund geschoben.

Für Andrew und mich war diese Reise durch Europa auch der Abschluss unserer Studienzeit, die wir damit hatten feiern wollen, bevor wir in die Welt des Business starten wollten, er auf einer unteren Stufe des Managements bei einem großen Unternehmen während ich das Glück gehabt hatte, für ein Bankhaus an der Wallstreet erste Erfahrungen machen zu dürfen.

Die folgenden Jahre waren für mich geprägt vom unglaublichen Wachstum des Börsenhandels. Das neue Bankengesetz 1994 hatte die Finanzwelt von einem unangenehmen Korsett befreit. Viele hatten dies gewünscht und herbeigesehnt, um Wachstum zu generieren. So wurde es verkauft. Endlich durfte das Geld sprechen und es gewann. Alle jubelten und klopften sich gegenseitig auf die Schulter. Kreditvolumen und Schulden wuchsen, aber für eine lange Zeit wurden die Werte dahinter nicht infrage gestellt. Dass hinter den steigenden Kursen nur künstlich erzeugtes, quasi imaginäres Geld steckte, interessierte niemanden. Die Finanzwirtschaft wurde zum Motor des Kapitalismus, denn es wurde so viel Geld erzeugt, dass Kauf auf Raten zur Normalität wurde. Konsum wurde zum Mantra und gaukelte Wachstum vor. Niemand sparte länger für einen neuen Kühlschrank. Nein, das war keine Lebensanschaffung mehr, denn es musste nun oft genug das neueste Produkt sein, passend zur stylischen Einrichtung.

Für uns war es ein aufregendes Spiel geworden mit dem Ziel eines jeden einzelnen, der daran teilnahm, zu gewinnen.

Weitere Deregulierungen durch Präsident Clinton 1999 befeuerten unser Spiel. Die Kurse der Unternehmen erklommen schwindelerregenden Höhen. Ich war mit meiner Arbeit nicht nur Beobachter dieses Geschehens, sondern hatte meinem langsamen Aufstieg auch eine immer weiter wachsende, aktive Rolle darin.

Das Platzen der Dotcom-Blase nur ein Jahr später empfanden wir nur als kleine Delle und als nötige Bereinigung des Marktes. Die Meute flüchtete dank neuer Finanzspritzen des US-Banken-Präsidenten zur »Ankurbelung des Wachstums« nun in Immobilien.

Für mich und für viele andere war der Inhalt der Fonds und Unternehmen, deren Aktien wir handelten, zweitrangig. Ich war 40 Jahre alt, auf dem Höhepunkt meiner Laufbahn, so empfand ich es und schaute quasi durch eine Lupe auf das Geschehen. Das große Ganze war durch das dicke Glas nicht sichtbar und die Lupe nahm ich nicht ab.

Eine gewisse Bodenhaftung verhinderte, dass ich bei allen »Dellen« übermäßig große Verluste zu verantworten hatte, wie gesagt, ich strebe nicht nach den größten Trauben. Und es war mir gelungen, eine stabile Welt neben meinem zeitraubenden Beruf zu errichten, aber das ist auch vor allem der Toleranz und dem Rückhalt meiner Frau zu verdanken. Wir waren für lange Zeit seit unserer Hochzeit 1988 ein gutes Team, auch wenn jeder eher der »Vorstand« seines Bereichs geblieben ist. Unsere jeweiligen Ziele ergänzten sich perfekt und die Gemeinsamkeiten ergaben genügend Kitt zwischen uns, sodass wir wenigstens so lange zusammengeblieben sind, bis unsere beiden Kinder ihre eigenen Wege im College starteten.

Der Kitt reichte für meine Frau bald nicht mehr aus, für mich eigentlich auch nicht wirklich, aber meine Welt der Charts und Zahlen füllten immerhin genügend Raum und gaben meinem Dasein einen Schimmer, der die zunehmende Farblosigkeit unserer Zweisamkeit überdeckte. Im Grunde hatten wir einander schon vor langer Zeit verloren, weil jeder nur auf seine eigenen Ziele fokussiert war, die durch die Sorge um die Kinder für eine gewisse Zeit wenigstens noch einen gemeinsamen Nenner hatte.

Ich fürchte, ich schweife ab von der Geschichte, die ich eigentlich erzählen wollte. Kein Wunder, rückt er doch näher, der Augenblick, an dem ich die unschönen Seiten offenbaren muss.

Es wäre gelogen, wenn ich der Welt weismachen wollte, ich wäre in meinem Beruf immer nur der Gute und Clevere gewesen. Auch für mich gab es raue Zeiten an der

Börse, der Crash 1987 war ja ein Witz im Vergleich zu dem, was dann in den Jahren nach 2001 auf uns zukam. Durch die Liberalisierung im Börsenhandel rollten im Grunde zunehmend zwei Züge aufeinander zu: jener der durch die Ausweitung der Geldmenge immer fetter wurde und jener der Realität, der aber immer wieder vor der drohenden Kollision auf andere Gleise umgeleitet werden konnte.

Dazu musste auch ich mich anpassen, der allgegenwärtig spürbare Druck im Geschäftsleben wuchs auch für mich. Das hieß, wenn ich meinen Job nicht verlieren wollte, musste ich Gewinne vorweisen, Abschlüsse. Mit einem gewissen Talent für Smalltalk und Kommunikation fiel es mir nicht schwer, die Inhalte der zahlreichen Verkaufsseminare, zu denen mich mein Arbeitgeber schickte, umzusetzen und auch an meine Mitarbeiter darin zu schulen. Da begann die Lüge meines Lebens, ich verschloss die Augen vor dem, was ich tat und sah nur noch die Erfolge, die ich erzielte.

Aber es war auch der Herdentrieb, der dies begünstigte, alle um mich herum taten dies und man berauschte sich gegenseitig mit den Erfahrungen. Jeder versuchte den anderen zu übertreffen mit einem noch höheren Abschluss, mit einer noch glamouröseren Geschichte, wie man wieder einen Kunden am Telefon zum Kauf eines Aktienpakets überzeugt hatte. Die hehren Handelsgrundsätze unserer Väter, falls es sie denn jemals wirklich gegeben hat, waren verstaut und verschlossen in der hintersten Ecke des Büroschranks.

Die Gespräche jeden Donnerstagabend in der Bar zum Abschluss des Handelstages glichen mehr und mehr einem sportlichen Wettstreit. Die menschlichen Schicksale waren nur im Dialog mit dem Kunden wichtig, danach galten nur noch die Zahlen, die Höhe der positiven Bilanz, und die vorzeigbaren Trophäen, die man dank des entsprechenden Einkommens damit erwarb: große Häuser, Autos, Internat für die Kinder und Wochenend-Trips auf die Florida Keys. Vielleicht kann ich mir zugutehalten, dass meine Trophäen nicht zu den größten gehörten.

Eigentlich weiß ich nicht, warum ich es so lange beruflich überlebt habe. Vielleicht galt die größere Erfahrung und Verbindlichkeit, meinem Alter geschuldet, und die höhere Anzahl der zufriedenen Kunden, deren Vermögen ich zu verwalten hatte, mehr als die großartigen Ergebnisse der jungen Überflieger. Aber ich gehörte unzweifelhaft mit dazu, wenn auch eher am Rande. Doch, ja, ich war und bin immer noch Teil des gesamten Wolfsrudels der Wallstreet.

Aber dies ist leider immer noch nicht der schmerzvollste Teil meiner Geschichte.

Vor einigen Wochen erhielt ich eine kuriose Nachricht auf Facebook, die Anfrage einer mir unbekannten Frau.

»Hi, verzeih die Tür, mit der ich in Deinen Rechner falle: ich bin auf der Suche nach jemandem. Vielleicht bist Du der, der alle folgenden Fragen mit Ja beantworten kann und auf die Hauptfrage die richtige Antwort weiß, dann winkt Dir der Hauptgewinn.

Hast Du 1984 an der Börse gearbeitet? Und bist Du in jenem Sommer durch Europa gereist? Zusammen mit Deinem

Freund Andrew? Und nun, Trommelwirbel – die Hauptfrage: wohin bist Du mit dem Zug von Berlin aus gereist?

Es tut mir leid, wenn Du auf die letzte Frage keine Antwort weißt und nun, zwar neugierig, aber das Rennen um den Hauptpreis verloren hast. Dann kläre ich Dich wenigstens auf, auch wenn ich natürlich die Lösung nicht verrate: es geht um eine unvergessliche Nacht, in der es versäumt wurde, die Adressen auszutauschen.

Wenn Du derjenige bist und Du trotz der vielen Jahre immer noch genügend von dem in Dir hast, den ich damals erlebt habe, dann weiß ich, dass Du es wagen wirst, zu antworten.

Und der Hauptgewinn: den kenne ich auch noch nicht.«

Sofort war sie da, die Erinnerung an jene Nacht, an jene junge Frau, einerseits so rührend unfertig, aber mit unbändiger Aufgeschlossenheit und einem seltenen Feuer des Geistes, gleichsam auf der Reise wie ich.

»Keine Frage, unfertig ist sie nicht mehr«, schoss mir durch den Kopf, als sie einige Mails und Wochen später das Café betrat, das ich ihr für unser Wiedersehen vorgeschlagen hatte.

»Was für ein lächerlicher Gedanke«, rügte ich mich, waren ja immerhin über 30 Jahre vergangen seit unserer gemeinsamen Bahnfahrt.

Als freie Wissenschafts-Journalistin, so hatte sie mir geschrieben, war sie anlässlich eines Kongresses für ein paar Tage in New York, da war Zeit für ein Treffen rasch frei geschaufelt zwischen die täglichen Termine.

Die kleine, zierliche Gestalt hatte sie sich bewahrt, vorteilhaft betont durch die immer noch engen Jeans. Ergänzt wurde das Outfit durch einen kurz geschnittenen, dunkelblauen Blazer, der einen Blick auf ein weißes Top darunter zuließ und endlich ihre weiblichen Rundungen sichtbar machten, die sie damals noch verborgen hatte unter der übergroßen Jacke. Voll innerer Freude und gespannter Erwartung wartete ich, bis ihr suchender Blick bei meinem freundlichen Grinsen hängen blieb. Jegliche Distanz des Raumes und der Jahre schien wie weggeblasen, als wir einander gegenüber saßen und irgendwie mühelos an das Gespräch jenes vergangenen Sommer anknüpften. Ihr Englisch hatte sich maßgeblich verbessert, sodass sie jetzt sprudelnd meine Fragen beantwortete und aus ihrem Leben erzählte.

Um jegliche rosaroten Wolken, die beim Leser eventuell auftauchen, zu vertreiben: es fuhr kein Blitz der Liebe in uns. Wir standen beide in der Regie unserer Terminkalender, einmal mehr mussten wir unser Gespräch abbrechen, diesmal aber nicht, ohne ein weiteres Treffen für den folgenden Sonntag ausgemacht zu haben, mit ausreichend Zeit: Picknick im Central Park.

Der Wettergott war in diesen sonnig-warmen September-Tagen mit uns, zwei Tage später hatten wir uns mit einer Decke auf einer der großen Wiesen unseres berühmten Stadtparks niedergelassen, umgeben von Menschen, die gleichsam den freien Tag genießen wollten. In einem großen Korb hatte ich belegte Bagels, Obst und ein Sortiment der legendären Cupcakes von »Magnolia« verstaut, dazu eine große Flasche mit Eistee. Wollte man es kitschig ausdrücken, würde ich jetzt erzählen, dass die Sonne am Himmel bis in unsere Herzen strahlte, während wir uns plaudernd und lachend über die Köstlichkeiten aus dem Korb hermachten.

Doch so war höchstens der Anfang und auch nur, weil wir uns auf die Fortsetzung der abgebrochenen Gespräche freuten. Um beim Kitsch zu bleiben: es zogen bald Wolken auf.

Zu den Tiefen in einem Gespräch und zu einem Menschen gelangt nur jener, der auch Tiefen in seinem Inneren zu betreten vermag. Sie war dazu mehr in der Lage als ich, stellte sich heraus, denn sie war es, die bald offen über schwere Stunden und bittere Erlebnisse erzählte. Ruhig blickte sie mich an, als sie mir vom Tod ihres Vaters erzählte. Ihre Augen schienen jegliche Regung in meinem Herzen beobachten zu wollen, als wenn sie in der Lage wäre, in mich hinein zu sehen, um bei jeglicher Ahnung, Unwillen darin zu entdecken, sofort den Rückzug antreten zu können. Aber ich war viel zu fasziniert von allen Seiten ihres Lebens, dem ich durch ihre mitreißenden Worte und ihrem klugen Wesen begegnete.

»Es war keine leichte Zeit, aber das ist es vermutlich nie, wenn der Vater stirbt«, erzählte sie. Ihr Lachen stand in seltsamen Kontrast zu ihren Worten. Auf meinen fragenden Blick hin ergänzte sie:

»ich war immer ein bewusster Mensch, habe mir immer viele Gedanken gemacht, aber das hast Du sicher schon damals bemerkt und wenn es Dich stören würde, würdest Du vermutlich nicht jetzt hier mit mir sitzen. Nein, ich wollte immer alles verstehen und gut genug bewältigen, das habe ich über viele Jahre trainiert. Frag mich jetzt nicht wie, das ist eine viel längere Geschichte«, und wieder blickten ihre hellen, blauen Augen mich lachend und doch auch wachsam an.

»Er hatte einen schweren Schlaganfall und lag tagelang auf der Intensivstation im Koma, bis er dann doch starb. Für ihn war es vielleicht die Erlösung, einfach das Ende eines langen, reichen Lebens. Aber wir konnten eben nicht richtig voneinander Abschied nehmen, zumindest nicht gegenseitig. Weißt Du, das ist wohl das Schwerste, so von einer Minute auf die andere ist das Gegenüber weg, auch wenn er noch atmend vor dir liegt. Er war ja noch nicht so alt gewesen und eigentlich noch recht fit, auf jeden Fall geistig. Es war eine Freude mit ihm zu debattieren und Anteil zu erhalten an seinem breiten Wissen. Na ja, in den Wochen kurz vor dem Schlaganfall hatte er viel Aufregung gehabt. Das war 2008, da hatte er sehr viel Geld durch Aktiengeschäfte verloren, beinahe sein ganzes Vermögen und das war nicht wenig. Im Grunde verzockt, könnte man sagen. Aber das ist nur die halbe Wahrheit, die andere Seite sind diese verrückten, geldgeilen Börsenhändler, die ihn am Telefon zu den aberwitzigsten Transaktionen überredeten.«

Marie nahm einen Schluck Eistee aus ihrem Becher. Vielleicht brauchte sie diesen Moment, während sie hinüber sah zu der Skyline der Wolkenkratzer, um dem wachsenden Zorn in ihrer Stimme Einhalt zu gebieten. Der war mir nicht entgangen, eine dunkle Ahnung stieg nun in mir auf und gefangen in meinen Gefühlen konnte ich nicht anders, als schweigend auf ihre weiteren Worte warten.

»Wahrscheinlich war sein kritischer Geist in dem Alter nicht mehr ganz so auf Trab, aber es waren ja auch schlechte Zeiten an der Börse. Alle verloren damals, die Kurse brachen zweistellig ein. Und dann redeten diese ach so mitfühlenden Leute am Telefon mit verschwörerisch leiser Stimme auf ihn ein, dass sie den ganz großen Tipp hätten für DEN Ausweg aus der Misere, mit dem er alles wieder wettmachen könne. ›Dieses neue Unternehmen XY ist total unterbewertet, die Vorzeichen sind außerordentlich günstig! Das ist die letzte Chance einzusteigen, wir haben nur noch wenige Tranchen übrig. Ich kann für Sie etwas davon reservieren, aber Sie müssen sich natürlich rasch entscheiden!‹«

Marie hatte die Sätze, die mir nur allzu bekannt waren, auch im Tonfall perfekt nachgeahmt, während sie mir nun direkt in die Augen blickte. Ich konnte nicht anders, als ihr gebannt weiter zuzuhören.

»Und dann das Übliche, hat man später hundertfach gehört: man müsse sich schnell entscheiden, bevor der Zug nach oben anfahren würde oder andere ihm zuvorkämen. Viel zu viel, viel zu schnell investierte mein Vater, weil er Fehler aus den Jahren zuvor wieder hatte ausbügeln wollen. Dabei ritt er sich leider immer mehr in die Verluste hinein.«

Heiß war mir geworden während ihrer Schilderung und das lag nicht allein an der Sonne. Das, was sie da erzählte kannte ich ja nur zu gut, es war zumindest eine Zeitlang auch mein alltägliches Geschäft gewesen. Die Käufer dienen nur als willkommene Geldgeber um Ramschpapiere loszuwerden und an den Provisionen zu verdienen. Hier, durch ihre Schilderung erlebte ich die andere Seite: wie es sich anfühlte für die naiven Anleger, deren Ahnungslosigkeit schamlos ausgenutzt wurde.

»… es zerriss mir das Herz, meinen Vater so leiden zu sehen, es war ja nicht nur der gewaltige Geldverlust, sondern auch die Vorwürfe, die er sich machte. Weißt Du, er war ja selbst als Diplom-Finanzwirt quasi vom Fach gewesen. Auch wenn er mit seinem beruflichen Dasein einer anderen Zeit angehört und keinem Unternehmen sondern dem Staat gedient hatte. Aber er kannte sich aus mit Bilanzen und Rechnungswesen und hatte einen brillanten Verstand. Und nun musste er sich selbst und anderen seinen furchtbaren Fehler eingestehen. Das war fast noch schlimmer. Na ja, vielleicht war da der Schlaganfall die Erlösung aus den Qualen für ihn«, sprach sie weiter, während ich sie jetzt kaum noch ansehen mochte.

»Er hatte sich immer unendlich gemartert, wie er auf die netten Stimmen am Telefon hatte reinfallen können. Die machen das echt perfide. Die Typen sind trainiert darin, einfühlsam zu erfragen, was Dich momentan so bewegt und dann verwenden sie das jedes Mal, um immer mehr Interesse und Anteilnahme an Dir und Deinem Leben zu heucheln. Die wurden fast wie Freunde für meinen Vater. Er hingegen genoss deren Interesse, das war schon fast ein Ritterschlag für ihn, wenn sich so ein vermeintlich intelligenter, erfolgreicher Börsenhändler so freundschaftlich mit ihm unterhielt.

Oder sie schütteten ihm ihr Herz aus, erzählten die absurdesten Geschichten aus ihrem angeblichen Leben, um Nähe zu erzeugen. Und wenn dann ausreichend Nähe da war, fuhren sie die Angeln aus, variierten vielleicht noch im Köder, aber irgendwann hatten sie ihn dann am Haken und ihre Provision in der Tasche. Ich habe das selbst erlebt, hautnah am Telefon. Das war nach seinem Tod, als

136

ich eine Zeitlang in seinem Haus wohnte und auch sein Aktiendepot weiterführte. Wie oft klingelte da das Telefon und ein Börsenhändler war dran. Ich ließ mich anfangs aus Neugierde auf ein Gespräch ein, um mehr zu erfahren. Es hätte ja vielleicht wirklich ein heißer Tip sein können. Ich bin Wissenschaftlerin, an Fakten orientiert. Es irritierte mich, dass diese mit Zahlen operierenden Typen so menschelnd daher kamen und scheinbar so viel Zeit hatten, mit fremden Menschen über Unwichtigkeiten zu sprechen. Stell Dir vor, da erzählt mir doch einer glatt von seiner angeblich bevorstehenden Operation am Samenleiter zur Wiederherstellung der Zeugungsfähigkeit! Für mich disqualifizierten sie sich damit. Da hatte sich der Typ verschätzt. Aber oft genug liegen sie richtig mit ihrer Einschätzung und mit ihrer Geschichte, die sie erzählen. Schlimm wird es, wenn sie dann noch die vielleicht schwierige Lebenssituation ihres Gegenübers ausnutzen, so wie bei meinem Vater. Aber das ist denen doch egal, was …«, sie stockte als sich unsere Blicke wieder begegneten.

»Sag mal … kennst Du etwa so welche? … Sind Deine Kollegen auch so?« Es gab in diesem Augenblick nur noch uns, zwei Augenpaare, deren Blick wie von Zwang aneinander festhielt, scheinbar endlos, alles um uns herum, der Sonnenschein, der Park, die vergnügt lärmenden Menschen, wirkten wie weit entfernt.

»Na ja …«, begann ich erst mal, ein paar Sekunden Aufschub zu erhaschend, um mich zu fangen.

Manchmal gibt es Momente im Leben, in denen Du rasch Entscheidungen treffen musst, manchmal hast Du das Glück, dass es Dir bewusst ist in diesem Moment. Es wäre sträflich, dann trotz des Bewusstseins, aus Feigheit den richtigen Weg zu verweigern. Das sind dann die Augenblicke, die man ein Leben lang bereut in der Rückschau. Dies war mir auf einmal so klar, dass ich es aussprechen musste:

»Du hast völlig Recht mit allem, was Du gesagt hast. Es ist so und auch ich war Teil davon, stimmt.« Sie schwieg und ich sah die schockierte Betroffenheit in ihren Augen.

»Es bewegt mich sehr, was Du erzählt hast, was Du erlebt hast. Was soll ich sagen? ›Es tut mir leid‹, würde doch genauso geheuchelt klingen, wie all das, was Dein Vater von Menschen wie mir und all den anderen gehört hat«.

Wir schwiegen. Unendlich lange sagte keiner von uns ein Wort. Jeder schien mit seinen Gedanken beschäftigt, mein Blick glitt über das schon herbstlich gefärbte Laubwerk der Bäume hinauf zu der Silhouette der Häuser in der Ferne als könnte ich dort den Ausweg finden. Die unbeschwerte Stimmung vom Beginn unseres Picknicks war gänzlich gekippt. Was konnte ich jetzt noch sagen? Die andere Seite der Medaille, die Gier der Anleger, denen ich auch nur allzu oft begegnet war und die ja schließlich auch zu meinem Erfolg beigetragen hatten, die wagte ich jetzt, in diesem Moment nicht zu erwähnen. Schuldzuweisungen, auch wenn sie einen Teil der Wahrheit beschreiben, waren nicht angebracht. Manchmal geht es auch darum, etwas gerade nicht auszusprechen, auch um den Preis der Niederlage, zumindest in diesem Moment.

Marie war es schließlich, die eine Entscheidung traf und es endlich aussprach:

»ich glaube, darüber muss ich erst mal nachdenken, all die bitteren Erinnerungen … da ist so viel … da gehört so viel mehr hinein, als dieses simple ›ich armes Opfer, du gemeiner Täter‹. Schade um den schönen Tag, aber ich glaube, ich kann jetzt nicht einfach umschalten.« Schweigsam packten wir alles zusammen, schweigend schritten wir durch den Park. Jeder schien überwältigt mit der eigenen Vergangenheit beschäftigt.

»Hör mal«, begann ich endlich, als wir an der Subway-Station angelangt waren, »ich bin trotz allem sehr froh, dass Du gekommen bist, dass wir uns wiedergesehen haben. Das war ein tolles Erlebnis, alles, damals und auch heute. Und es tut mir wirklich leid! Das meine ich ehrlich«.

»Danke! Ja, es war schön, das finde ich auch«. Sie seufzte,

»Schade, dass wir hier schon wieder abbrechen müssen, tut mir leid, wenn ich mich erst mal sortieren muss.«

»Ja, das sollte ich wohl auch«, entgegnete ich ihr. Wir umarmten uns ein letztes Mal und im nächsten Augenblick drehte sie sich schon um und entschwand aus meinem Blick, während sie die Stufen hinabstieg. Aus – Ende.

Der Tag, der so schön begonnen hatte, liegt jetzt Monate zurück. Aus – Ende, das hätte ich wohl auch schon lange mit meinem Job machen sollen. Endlich ehrlich das zur Kenntnis nehmen, was ist und wie es ist. Vielleicht in jeder Hinsicht. Aber es ist viel leichter zur Tagesordnung zurückzukehren, um die vermeintliche Entscheidung hinauszuzögern, sich der Lüge hinzugeben, man hätte noch alle Optionen in der Hand. Jedes »noch nicht jetzt« ist ein Nein für den heutigen Tag, ein Nein für die Möglichkeiten, die ich heute nicht lebe. Und jedes »weiter« ist ein Ja zu den Lügen, die ich weiterlebe.

Das, was in den Wochen nach unserer Begegnung in mir wirkte, war nicht nur die traurige Geschichte, die Marie mir erzählt hatte oder die Folgen auch meines Tuns, die ich daran erleben konnte. Die Art, in der sie aus ihrem Leben erzählte, erinnerte ich mich auch an jene Augenblicke der Nacht unserer gemeinsamen Zugfahrt. Da war etwas, was mich schon damals fasziniert hatte. Es war mir nur nicht so bewusst gewesen. Heute trat es noch stärker bei ihr hervor als damals: das war ihre Klarheit, ihre Aufrichtigkeit. Sie strahlte eine unbedingte Ehrlichkeit aus: das, was sie von sich gab, das war sie, ihre Wahrheit in diesem Moment.

Die Fähigkeit, die eigene Wahrheit zu leben und auch diese kundzutun, wenn sich die Sicht verändert, das erlebte ich ein paar Wochen später. Ich erhielt eine Mail von ihr.

Lieber Scott,

Ich habe viel nachgedacht über unsere Begegnung, Dein Leben, meines und unsere »Verwicklungen«.

Eigentlich muss ich dir danken für unser Date, so wie es war. Nicht nur, dass wir wiederum wunderbare Gespräche hatten, über alles und nichts. Nein, vor allem hast Du etwas in mir in Gang gebracht: ich habe danach viel über Dich, deine Kollegen und auch meinen Vater nachgedacht. Ich habe recherchiert, um der Wahrheit näher zu kommen. Das ist es oft, was mich antreibt: die Wahrheit. Das ganze Paket, nicht nur das was einige davon erzählen, um mit Hilfe ihrer Darstellung dann zum eigenen Erfolg zu gelangen. Ich möchte nicht belogen oder manipuliert werden. Niemand will das wohl und doch ziehen so viele die Illusion vor. Der Weg der Wahrheit kann sehr schmerzhaft sein, mitunter, aber der Schmerz ist mir lieber, als einer Illusion nachzulaufen und die Wahrheit dann später mit einen viel größeren Schmerz konfrontieren zu müssen.

Es war auch für mich zunächst allzu leicht, all die Banker und Broker zu verurteilen. Und ich hatte deren Praktiken ja auch selbst erlebt. Durch Dich wurde mir die Tür zur anderen Seite geöffnet und ich begann, mich näher damit zu beschäftigen.

Ich entdeckte dabei die Einseitigkeit in der Darstellung: es wird so viel von Verantwortung gesprochen, dabei geht es oft nur um die Verantwortung der Banken, der Verkäufer. Die ist unbestritten. Aber nie wird die Selbstverantwortung der Anleger erwähnt. Überhaupt scheint es die eigene Fähigkeit zu Kritik und Selbstkritik kaum noch zu geben. Verantwortung soll immer nur von außen geliefert werden, als Schutz vom Staat in Form von Gesetzen, die den armen, wehrlosen Bürger schützen soll. Es ist so naheliegend und offensichtlich: niemand hatte die Anleger dazu gezwungen, die Käufe abzuschließen und die Unterschriften unter dubiose Abschlüsse zu tätigen, wenn Gewinne versprochen werden, die zwar großartig klingen, aber in diesen Zeiten nur mit hohem Risiko zu erwirtschaften sind. Natürlich wird dann nur von den möglichen Gewinnen gesprochen, es sind eben Verkäufer. Schon damals bei unserem Gespräch war mir klar, dass die Grenzen in diesem Fall verschwimmen: wer trägt hier Schuld?

Immer, in jeder Lebenssituation ist es wichtig, selbst kundig zu sein und die eigene Verantwortung sich selbst gegenüber zu leben. Ich bin es, die unterschreibt.

Selbstverantwortung scheint nicht mehr in Mode; ist vielleicht nur hinderlich aus Sicht der Wirtschaft? Das ist eine spannende Frage, wäre ein guter Einstiegspunkt für unser nächstes Gespräch, wie und wo auch immer. Ich freue mich darauf.

Marie

Die letzten Wochen seit jenem Nachmittag im Central Park waren dicht gefüllt. Das ist in meinem Leben nicht ungewöhnlich. Neu war etwas anderes: ich selbst und damit mein Handeln.

Ein letzter Schluck Kaffee aus der Tasse, dann greife ich nach einem anderem Brief, jener, der nun neben mir liegt. Er enthält eine einzelne Seite und erscheint doch unendlich schwer in meiner Hand. Es ist Zeit zu gehen, ein neues Kapitel zu beginnen. Ich falle nicht so tief, werde als Angestellter in Andrews kleiner Unternehmensberatung meine Kenntnisse und Erfahrungen auf eine neue Weise einbringen. Nicht mehr so aufregend und spannend, lange nicht so viel Geld, aber ein weiterer notwendiger Schritt. Dieser jetzt fällt mir schwerer als der erste, den ich tat, wenige Wochen nach jenem Sonntag im September, als ich ein kleines Appartement in Queens bezog. Nach dem Abschied von unserem großen Haus im noblen New Yorker Vorort auf Long Island, fühlte es sich sogar befreiend an. Vielleicht ist das nun bei diesem nächsten Schritt genauso.

Und wer weiß, was noch auf mich wartet. Dass sich in Europa jemand freuen wird, wenn ich im nächsten Monat dorthin fliege, ist nicht mehr ungewiss. Die Mail an sie habe ich vorhin gerade abgeschickt.

Für Scott D.S. in Erinnerung an eine zauberhafte Nacht im Zug von Berlin nach Kopenhagen.
Alles andere ist meiner Phantasie entsprungen.

Danksagung:

Ich konnte manches nur schreiben durch die Erinnerungen der Zurückgebliebenen, die eben doch gelegentlich aufgeschrieben oder erzählt werden:

So danke ich Lydia, auch wenn sie schon vor vielen Jahren verstorben ist, für ihre ausführlichen Aufzeichnungen, die dank Margot einst in leserliche Schrift überführt worden sind. Dankbar hielt ich auch die wenigen Briefe und Postkarten von Wilhelm in den Händen. Lydia hatte alle sorgsam aufbewahrt. Mit etwas Mühe gelang es mir, die alte Schrift zu lesen. So sind alle Zitate authentisch.

Ich danke meiner Freundin Yella für ihre Offenheit, mit der sie mir aus ihrer Familie berichtet hat. Auch die bewegenden Photos haben geholfen, die Menschen für mich lebendig werden zu lassen. Namen und Orte habe ich teilweise verändert.

Für die Darstellung des Verlaufs beider Kriege habe ich lange im Internet recherchiert. Die meisten Informationen fand ich bei Wikipedia. Ich hoffe, dass die Schilderung keine groben Fehler aufweist.

Schließlich danke ich Ninja, Konny, Simon, Kathrin, Silke, Yella und Tina für wertvolle Kritik, Rückmeldungen und Tips.

Nicht zuletzt danke ich Willi für seine vielfältige Unterstützung und seinen immensen Langmut.

„Du schreibst wunderschön", sagte er jedes Mal, wenn ich ihm eine Erzählung vorlas. Diese Rückmeldung war wichtig und gab mir Mut, weiterzuschreiben.

Danke dafür!